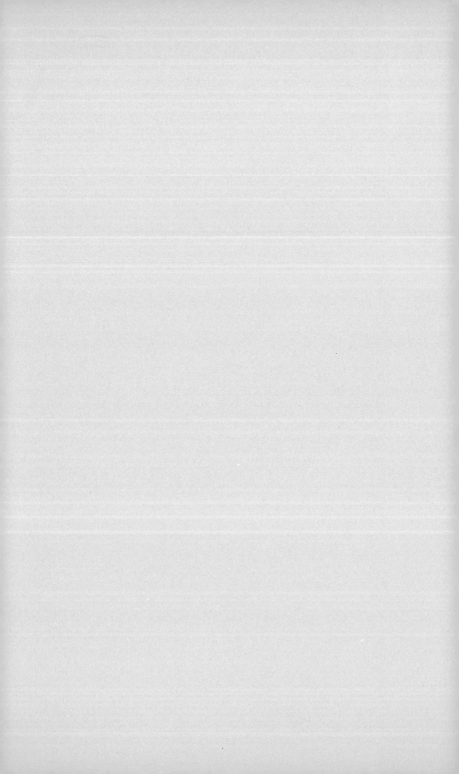

세찬 바람 속 푸른 소나무,

송정 하수일

이 책은 2009년도 경상남도 지원금에 의해 개발되었음

경상대학교 남명학연구소

남명학교양총서 16

세찬 바람 속 푸른 소나무,

송정 하수일

전병철 지음

景仁文化社

목 차

제1부 아름드리 소나무 정자, 송정松亭 ❀ 1

제2부 삶 ❀ 7
  제1장 명문가에서 태어나다 ❀ 9
  제2장 스승을 만나다 ❀ 19
  제3장 지극한 효성 ❀ 29
  제4장 과거시험 보러 가는 길 ❀ 37
  제5장 아름다운 자연 속에서 느끼고 깨닫다 ❀ 49
  제6장 전쟁의 비참함과 피난살이의 고통 ❀ 55
  제7장 나의 슬픔 어찌 다하랴 ❀ 65
  제8장 벼슬길에 나아가다 ❀ 75
  제9장 송정 기슭의 선영으로 돌아가다 ❀ 83

제3부 학문과 문학 ❀ 89
  제1장 가학의 전수와 남명학의 계승 ❀ 91
  제2장 선악을 분별하여 힘을 다해 실천하라 ❀ 105

제3장 아름다운 덕행이 문학으로 표현되다 ❋ 115
제4장 관찰을 통한 문학적 상상력,
　　　성찰을 추구한 문학적 효용 ❋ 127

제4부 향기처럼 종소리처럼
　　　깨우치는 가르침 ❋ 137

부록 송정 하수일 연보 ❋ 141

참고문헌 ❋ 165
찾아보기 ❋ 167

아름드리 소나무 정자,

송정松亭

아름드리 소나무 정자, 송정松亭

소나무!

이 나무는 우리에게 어떤 존재일까?

시골에서 자란 사람들은 소나무의 어린 가지를 꺾어 달콤한 물을 빨아먹던 추억, 솔잎을 태워 아궁이의 불을 일으키고 소나무를 주워 와서 땔감을 한 일 등등의 생활 속에서 겪은 여러 경험들이 물안개처럼 떠오를 것이다.

도시에서 자라 이러한 경험이 없는 사람은 소나무에게서 어떤 생각이 떠오를까? "남산 위에 저 소나무 철갑을 두른 듯 바람 서리 불변함은 우리 기상일세"라는 애국가의 구절이 표현한 것처럼, 늠름한 기상과 우뚝한 절개의 이미지를 연상하게 될 것이다. 그리고 명절날 시골에 가면 동네 입구에서 든든하고도 따스한 모습으로 제일 먼저 반겨주던 고향 마을의 소나무를

소나무

기억할 것이다.

　이렇듯 소나무는 우리의 삶과 정신에 깊이 뿌리내리고 있는 존재임을 확인하게 된다. 우리는 오래전부터 소나무로 만든 집에서 살고, 소나무로 만든 음식을 먹으며, 소나무로 불을 때고 살다가, 죽으면 다시 소나무로 만든 관에 들어가 땅 속에 묻혔다. 그리고 쓸쓸한 무덤 가에서 늘 함께 지켜주는 벗도 바로 소나무이다.

　이런 소나무 같은 사람이 있었다. 전쟁의 고통과 인생의 슬픔 속에서도 우뚝하게 서서 늘 푸른빛을 잃지 않았던 사람, 바로 송정松亭 하수일河受一(1553~1612)이다.

　송정松亭

　송정은 지명地名이다. 진주 수곡水谷의 남산 동쪽 기슭을 가리키는 이름으로, 북쪽으로는 천왕봉天王峯

을 바라볼 수 있고 동쪽으로는 세성산世星山이 보이며 남쪽에는 감천甘泉이 솟아나고 서쪽에는 효곡孝谷이 접해 있다. 그 곳에 우람한 소나무들이 숲을 이루고 있어 마을 사람과 지나가는 나그네가 편안히 쉴 수 있는 정자 역할을 하였다. 그래서 '소나무 정자'라는 뜻의 송정이라는 지명이 붙여졌다.

　하수일河受一은 왜 자신의 호를 송정으로 지은 것일까?

　그는 아버지의 상을 당했을 때, 송정 아래에 여막을 짓고 3년 동안 아버지의 무덤을 지켰다. 그리고 자신의 호를 송정이라 지었다. 하수일이 「송정세과서松亭歲果序」에서 밝혔듯이, 자신이 송정으로 호를 지은 까닭은 한천寒泉의 뜻을 잇는 것이라고 하였다. 한천은 『시경』에 실려 있는 「개풍凱風」이라는 시에 나오는 말로, 효자가 홀어머니를 극진히 섬겨 마음을 위로한다는 내용을 담고 있다.

스스로 짓는 자호自號의 경우, 자신이 지향하는 삶의 자세와 목표가 담겨 있다. 송정이라는 호는 돌아가신 아버지를 그리워 하고, 홀로 남은 어머니를 극진히 섬겨야겠다고 결심한 마음의 표현이다. 이처럼 '송정'은 하수일이 평생토록 효를 실천하고자 한 삶의 자세와 목표를 여실하게 보여주는 하나의 상징이다.

세찬 바람 속 푸른 소나무, 송정 하수일

사
20

제 1 장

명문가에서 태어나다

하수일의 자는 태역太易, 호는 송정松亭이며, 본관
은 진양晉陽이다. 태어난 곳은 고조부 하응천河應千 때
부터 복거해 온 진주의 수곡면水谷面 정곡촌井谷村이
다. 진주 지역에 거주한 진양하씨는 그 본관지답게 여
말선초 이래도 성대한 문파를 형성하였다.

진양하씨는 시랑공파侍郎公派, 사직공파司直公派, 주
부공파主簿公派 세 계통이 있는데, 송정은 이 가운데 시
랑공파에 속한다. 시랑공파의 시조는 고려 현종 때 사
신으로 거란에 갔다가 순절한 하공신河拱辰이다. 『고
려사』 열전에 실린 하공신에 대한 기사의 일부를 옮겨
보면 다음과 같다.

왕이 거란군을 피해 남녘으로 갔다. 하공신이 왕을 찾
아와 길에서 말하기를, "거란이 본래 역적을 정벌한다는

경절사 : 하공신을 모신 사당

구실로 출병하였는데, 이제 역적 강조康兆를 잡았습니다.
이때 사신을 보내 강화를 제의한다면, 그들은 틀림없이
군대를 철수할 것입니다."라고 건의하였다. 그래서 왕이
점을 쳐보니 좋은 괘卦가 나왔다. 드디어 하공신과 고영
기高英起에게 화의를 요구하는 문서를 주어 거란의 영문
으로 보냈다. (중략)

　　거란의 선봉이 이미 창화현昌化縣에 도착하였다. 하공
신 등이 이전에 이미 말한 의사를 자세히 말하자, 거란군
이 "국왕은 지금 어디에 있는가?"라고 물었다. 하공신이
대답하기를 "지금 강남으로 향하여 가셨는데, 어디 계신
지는 알 수 없다"라고 하였다. 거리가 얼마나 되느냐고 거
듭 물었다. 그래서 하공신이 "강남은 대단히 먼 곳이므로,
몇 만 리나 되는지 모르겠노라"라고 대답하니, 추격하던
거란의 군대가 발길을 돌렸다.

　　이듬해에 하공신이 고영기와 함께 거란의 영문에 가

세찬 바람 속 푸른 소나무, 송정 하수일

서 철병할 것을 요청하자, 거란의 임금이 철병을 허락하고서 하공신 등을 억류하였다. 하공신이 억류된 후 내심으로는 탈주할 기회만 노리고 겉으로는 거란에게 충성하는 것처럼 가장하니, 거란의 임금이 매우 사랑하며 우대하였다. 어느 때인가 하공신은 고영기와 비밀히 모의한 후 거란 임금에게 말하기를 "우리나라는 이미 망하였으니 우리들이 군대를 인솔하고 가서 점검하고 돌아오겠노라" 하니, 거란 임금이 허락하였다. 그러던 차에 고려의 왕이 국도로 돌아왔다는 소문을 들은 거란의 임금은 고영기를 중경中京에, 하공신을 연경燕京에 거주하게 하고, 두 사람에게 모두 양가 처녀로 배필을 정해 주었다.

그 후 하공신은 좋은 말駿馬을 많이 사서 동녘으로 통하는 길목의 곳곳에 두었다가 앞날 귀국할 때 이용하려는 계획을 세웠는데, 어떤 사람이 그 내막을 밀고하였으므로 거란 임금에게 잡혀 가서 문초를 받았다. 이때 하공신이 사실대로 대답하여 "나는 우리 본국에 대하여 딴마음을 품을 수 없다. 만 번 죽을지언정 살아서 귀국의 신하가 되기를 원하지 않는다"라고 하였다. 거란의 임금도 그를 의롭게 여겨 용서해주면서, 앞으로는 마음을 바꾸어 거란의 임금에게 충성을 다하라고 달래었다. 그러나 하공신의 언사가 더욱 씩씩하고 점점 불손하였으므로 드디어 죽였는데, 거란의 군사들이 앞을 다투어 그의 염통과 간을 내어서 먹었다.

후일에 왕이 교지를 내려 그의 공을 기록하게 하고,

그의 아들 하칙충河則忠에게 봉급과 관등을 올려 주었다. 문종文宗 6년에 교지를 내리기를 "좌사낭중左司郎中 하공신은 현종 원년(1010) 거란군이 침입하였을 때 전장에서 죽을 각오로 싸웠으며, 군대 사신[軍使]으로서 적군의 영문에 가서 열변을 토하여 대군을 물러가게 하였다. 그의 공적은 공신각에 화상을 붙일 만하다"라고 칭송했으며, 그의 아들 하칙충에게 5품의 직책으로 벼슬을 높여 주었다. 얼마 후 하공신의 공을 기록하고 상서공부시랑尙書工部侍郎에 추증하였다.

아시고려인 불감유이심 : "나는 고려 사람이니, 감히 두 마음을 품을 수 없다"라고 적혀있는 비석으로, 진주 촉석루 경내에 있는 경절사 입구에 있다.

세찬 바람 속 푸른 소나무, 송정 하수일

다음으로 시조 하공신의 뒤를 이어 조선 초기에 이름난 인물로는 태종 때 영의정을 역임한 하륜河崙(1347~1416)을 들 수 있는데, 송정은 그의 방손傍孫이다. 하륜의 자는 대림大臨, 호는 호정浩亭이며, 순흥부사順興府使를 지낸 하윤린河允麟의 아들이다. 그는 1365년 19세의 나이로 문과에 급제했다. 당시 시험책임관은 이인복李仁復과 이색李穡이었는데, 이인복은 하륜을 한번 보고 그의 재주를 기이하게 여겨 그 아우 이인미李仁美의 딸로 아내를 삼게 하였다고 한다.

하륜은 춘추관 검열을 시작으로 성균관 대사성·밀직제학 등을 지냈다. 그러나 고려 말기의 혼란한 정

호정 하륜 묘소

하륜이 지은 촉석루기 : 진주 촉석루에 걸려 있는 기문

국에서 여러 번 유배와 해배를 반복했다. 결국 고려가
망하고 조선이 건국되었으며, 1393년 경기좌도 관찰
출척사에 임명되면서 조선의 조정에 나아갔다. 그는 1
차 왕자의 난이 발생하자 군사를 동원하여 이방원을
적극 지원하였으며, 왕자의 난이 수습된 후 정사일등
공신에 책록되었다. 태종이 보위에 오르자 좌명일등
공신이 되었고, 1416년 70세의 나이로 벼슬을 그만두
기까지 좌정승과 영의정을 12년간 역임하면서 태종조
의 정국 운영과 정책 결정에 큰 영향을 끼쳤다.

『태종실록』에 수록된 하륜의 졸기卒記에는 그의 생
애를 다음과 같이 요약하고 있다.

　　　진산부원군晉山府院君 하륜이 정평定平에서 졸하였
　　다. 부음이 이르자, 임금이 매우 슬퍼하여 눈물을 흘렸고,
　　3일 동안 조회를 하지 않았으며, 7일 동안 식사 때 고기를

먹지 않았다. 쌀과 콩 각각 50섬과 종이 2백 권을 부조하고, 예조 좌랑禮曹佐郎 정인지鄭麟趾를 보내 사제賜祭하였다. (중략)

하륜은 타고난 자질이 중후하고 온화하였으며, 말수가 적어 평생 말을 빨리하거나 급한 낯빛을 보인 적이 없었다. 관직에 나아가서는 의심스러운 일을 결단하고 계책을 결정할 때 주위에서 헐뜯거나 칭송한다고 하여 조금이라도 그 마음을 동요하지 않았다. 정승이 되어서는 대체大體를 보존하는 것에 힘썼다. 훌륭한 계책과 은밀한 논의를 건의한 것이 대단히 많았으며, 물러 나와서는 이를 남에게 누설하지 않았다.

사물을 대할 때에는 한결같이 성심으로 하여 거짓이 없었으며, 종족에게 어질게 하고 붕우에게 신실하게 하였으며, 아래로 하인에게 이르기까지 모두 그의 은혜를 잊지 못하였다. 인재를 천거하는 일을 항상 급급하게 여겼으며, 조금이라도 남에게 착한 것이 있다면 반드시 취하고 작은 허물은 덮어주었다. 집에 있을 때는 사치스럽거나 화려한 것을 좋아하지 않았고, 잔치하여 노는 것을 즐기지 않았다.

성품이 글을 읽기를 좋아하여 손에서 책을 놓지 않았으며, 유유히 낭송하면서 먹고 자는 것도 잊었다. 음양·의술·천문·지리 등에 이르기까지 모두 지극히 정통하였다. 후학을 권면하고 의리를 분별함에 있어서는 부지런히 행하여 귀찮아하지 않았다.

국정을 맡은 이래로 오로지 문한文翰을 맡아 중국에 보내는 외교 문서와 시문은 반드시 그의 윤색과 인가를 거친 뒤에야 확정되었다. 불씨佛氏와 노자老子를 배척하였으며, 미리 유문遺文을 지어 글상자에 간직해두었다. 자손을 가르치는 것이 매우 자세하고 두루 갖추어졌다. 상례와 장례를 한결같이 『주자가례』에 의하고 불사佛事를 하지 말라고 경계하였다.

송정의 7세조 하유河游는 문과에 합격하여 한성부판윤漢城府判尹을 지냈는데, 하륜과는 4촌간이다. 하유는 판윤가의 파조派祖로서 그의 자손들은 진주를 비롯하여 밀양·사천 등지에 세거하고 있다. 6세조 하지명河之溟은 초계군수草溪郡守를 지냈으며, 5세조 하현河現은 진사로서 사온서직장司醞署直長에 제수되었다. 고조 하응천河應千은 진사이며, 증조 하형河灐은 황간현감黃澗縣監을 지냈다.

조부 하희서河希瑞는 생원으로 남명南冥 조식曺植과 친분이 깊었으며, 조모 한양조씨漢陽趙氏는 부사 조상趙瑺의 딸로 1545년 직필直筆로 죽음을 당한 조박趙璞의 조카이다. 부친은 호조정랑戶曹正郎 하면河沔이며, 모친은 금라조씨金羅趙氏이다. 송정은 두 분 사이에서 3남 1녀 중 장남으로 태어났다.

앞에서 본 바와 같이, 송정은 대대로 벼슬이 끊이지 않은 진양하씨 시랑공파 판윤가라는 명문가에서

세찬 바람 속 푸른 소나무, 송정 하수일

출생하였으며, 또한 가학을 계승하고 명망을 이어 집안을 더욱 흥성하게 하였다. 송정은 「하씨족회통문河氏族會通文」에서 가문의 중요성에 대해, "나무는 뿌리가 없으면 자라지 못하고 물은 원천이 없으면 흐르지 않는다. 뿌리가 튼튼하기 때문에 가지가 무성하고 원천이 깊기 때문에 흐름이 유장하다. 사람에게만 어찌 유독 그 근본이 없겠는가!"라고 말하였다.

　오늘날 대부분의 사람들은 자신의 조상을 찾는 것이 마치 시대를 역행하는 일인양 케케묵은 것으로 치부해버린다. 그러한 실태의 단면을 보여주는 이야기 하나가 있다.

　어떤 노인이 노랗게 머리를 염색하고 함부로 담배를 피워대는 젊은이에게 다가가 본관이 어디냐고 물어 본 적이 있었다고 한다. 그런데 그 젊은이는 한참을 생각하더니 "대한민국이요"라고 대뜸 대답했고, 노인

명문가에서 태어나다

이 어처구니가 없어 그럼 시조는 어느 분이냐고 하자 그가 자신 있게 "단군 할아버지요"라고 했다고 한다.

우스개 이야기 같지만, 실상은 오로지 자신만을 위한 삶이 자유이며 웰빙이라고 생각하는 오늘날 우리의 자화상이다. 뿌리는 썩었는데 잎과 열매가 무성하길 바라고, 원천이 없으면서 하류가 원대하길 소망하는 것은 연목구어緣木求魚이다. 나무에 올라가서 물고기를 찾아봤자 얻지 못한다는 사실은 알면서도, 근본을 모르는 것은 정체성을 망각한 채 물 위에서 표류하는 한낱 가랑잎과 같다는 실상은 깨닫지 못하고 있는 것이다.

제2장
스승을 만나다

사제삼세師弟三世

스승과 제자의 인연은 전세前世·현세現世·내세來世에까지 계속된다는 뜻으로, 스승과 제자의 관계는 매우 깊고 밀접하다는 말이다. 부모님이 나를 이 세상에 존재하게 해주셨다면, 스승은 내가 어떻게 살아가야 하는지를 깨우쳐 주셨다. 몸과 정신이 분리될 수 없듯이, 부모님께서 주신 생명의 탄생과 스승께서 열어주신 정신의 개벽은 그 은혜가 높고도 깊다. 조상으로부터 몸의 유전자를 물려받아 다시 후손들에게 전해지듯이, 스승으로부터 학문의 전통을 이어받아 다시 후학들에게 전수된다. 어찌 삼세에만 그칠 뿐이랴!

송정의 첫 스승은 할머니 한양조씨漢陽趙氏였다. 할머니는 대궐에서 생장하여 궁중의 일을 두루 알았고,

대각서원 : 각재 하항을 비롯한 손천우 · 김대명 · 하응도 · 이정 · 유종지 · 하수일 등을 모신 서원

경사經史 · 육갑六甲 · 팔괘八卦 등에 환히 통했으며, 『소학』 · 내칙內則 · 역서曆書 등을 항상 좌우에 두고서 잠시도 멀리하지 않았다고 한다. 그래서 사람들이 '여중장부女中丈夫' 라고 칭송하였다. 송정은 5세에 할머니에게 나아가 처음으로 글을 배웠다.

　송정의 삶에 있어 단 한 명의 스승만을 꼽으라고 한다면, 각재覺齋 하항河沆(1538~1590)을 들 수 있다. 각재는 집안의 종숙부이자 학문의 스승으로, 송정은 7살의 나이에 각재에게 나아가 학문을 배우기 시작하여 스승이 별세하기까지 평생토록 의지하며 따랐다.

　각재를 추모하며 지은 송정의 제문에는 그가 스승으로부터 무엇을 배우고 어떻게 익혔는지를 곡진하게 말하고 있다.

나는 불초한 사람인데, 어릴 적부터 문하에 출입했네. 거두어 가르침을 주셨고, 언제나 자애롭게 대하셨네. 밤중에 곁에서 모시며 익혔고, 홀로 서 계신 정원을 지나가며 배웠네. 한가로우실 때 찾아가 뵙기도 하고, 수행해서 뒤에서 따르기도 했네.

항상 나에게 말씀하시기를, 말하는 것을 명심해 들으라 하셨네. 마음의 일과 세상의 일, 사물의 실정과 사람의 진정. 몸을 수양하는 모범, 학문을 익히는 과정. 거대한 것과 미세한 것, 거친 것과 정밀한 것. 상등의 것과 하등의 것, 고대와 현재. 불변과 변란, 천근과 심원. 이 모두를 친히 말씀해주셨고, 쪼개어 분석함이 순정하고 지극했네.

또 나에게 말씀하시기를, 경사經史를 배워야 한다고 하셨네. 태고 때로부터 시작하여, 아래로 말세에까지 미치었네. 부자와 군신, 부부와 형제. 아무개의 어짊, 아무개의 의로움. 아무개의 지혜로움, 아무개의 예의. 아무개의 성스러움, 아무개의 현명함. 아무개의 어리석음, 아무개의 광간狂簡함. 아무개의 얻음, 아무개의 잃음. 아무개의 단점, 아무개의 장점. 또한 모두 말씀해주셨고, 반복해서 깨우쳐주셨네.

문장을 논할 때에는 시詩와 부賦를 통해 가르치셨네. 이것은 높고, 이것은 낮구나. 이것은 장중하고, 이것은 유약하구나. 이것은 공교하고, 이것은 졸렬하구나. 이것은 맑고, 이것은 탁하구나. 이것은 참신하고, 이것은 저속하구나. 이것은 완숙하고 이것은 생경하구나. 숨김없이 모두 말씀하셨고, 간곡하게 가르치셨네.

　이 제문을 통해 본다면, 송정은 각재로부터 학문과 문학 뿐만 아니라 인격과 삶에 이르기까지 모든 방면에서 전인격적인 가르침을 받았다. 송정은 각재를 곁에서 뫼시면서 자연스레 고상한 인품과 삶에 젖어들었으며, 인간을 비롯한 세상의 모든 만물이 가지고 있는 시비사정是非邪正을 엄밀히 구분할 수 있는 변별력을 얻게 되었다. 그리고 경전과 역사서에 보이는 수많은 인간 군상을 통해 어떤 사람이 되어야 하는가를 일깨워주었으며, 문학 작품에 대한 실제적인 비평을 통해 문장을 터득할 수 있도록 가르쳤다. 송정은 어릴 적부터 각재가 세상을 떠날 때까지 이와 같은 가르침을 받았으니, 두 사람 간의 교감과 전수가 어떠했는지는 충분히 짐작하고도 남는다.

　송정의 후손이자 조선 말기의 뛰어난 학자인 회봉晦峯 하겸진河謙鎭(1870~1946)은『동유학안東儒學案』「하수일」에서, "선생은 어려서 각재 하항에게 수학하였고, 또 일찍이 징사徵士 최영경崔永慶의 문하를 왕래하였다. 수우당의 집이 진주 도동道洞에 있었는데, 어느 날 선생이 찾아가 뵐 때 마침 한강寒岡 정구鄭逑가 좌중에 함께 있었다. 그리하여 절을 올리고 가르침을 청하였다."라고 하였다.

　이 기록에 의거한다면, 회봉은 송정의 스승을 세

회연서원 : 한강 정구를 모신 서원

명으로 파악하였다. 각재 하항과 수우당 최영경, 그리
고 한강 정구. 역시 회봉이 편찬한 송정의 「연보」에는
한강과의 만남에 대해 좀 더 자세한 내용이 실려 있다.

『수우당실기守愚堂實記』에 "정해년(1587)에 한강 정문
목공鄭文穆公이 함안의 수령으로 있으면서 도동道洞으로
선생을 방문하여 『주례』·『시경』·『서경』 등을 강토하였
다. 이에 당시의 현사賢士들이 호응하여 찾아온 이가 한
둘이 아니었고, 문하에 제자가 된 이들도 많았으니, 송정
하수일, 설학雪壑 이대기李大期 등은 모두 고사高士였다."
라고 하였다. 이를 통해 살펴본다면, 송정은 수우당의 문
하에 있으면서 한강에게 제자의 예를 올린 것으로 볼 수
있다. 그러나 행장을 비롯한 다른 기록에는 보이지 않아
상고할 수 없다.

회봉이 말한 바와 같이, 송정이 한강의 제자로 입문하였다는 사실은 『수우당실기』에만 전할 뿐이며, 『송정집』을 비롯한 다른 기록에는 보이지 않는다. 그렇다면 송정의 삶에 있어 오랜 시간 동안 지대한 영향을 끼친 스승은 각재와 수우당이라고 보는 것이 무난할 듯하다.

　　송정이 수우당에게 무엇을 배웠으며 언제부터 수학하였는가에 대한 구체적인 내용을 알 수 있는 자료는 없다. 다만 수우당을 위해 지은 「수우당명守愚堂銘」에 보이는 내용을 통해 간접적으로 이해할 수 있다.

수우당명

　　어리석음은 지킬 만한 것인가? 성인은 어리석은 자의 기질이 바뀌지 않음을 탄식하였다. 어리석음은 지킬 만한 것이 아닌가? 한창려는 어리석은 자의 평이한 도를 칭송하였다. 기질이 바뀌지 않는 어리석음은 자포자기한 사람이 차마 하는 짓이다. 평이한 도의 어리석음은 세상을 개탄하는 사람이 하는 것이다. 이 두 가지 어리석음은 모두 군자가 바라지 않는 것이다.

　　공자는 안씨가 어리석은 듯하다고 칭찬했으며, 영무자의 어리석음은 미칠 수 없다고 칭송하였다. 안씨의 어

세찬 바람 속 푸른 소나무, 송정 하수일

리석음은 말에는 어리석었지만, 도에는 어리석지 않았다. 영무자의 어리석음은 세상에는 어리석었으나, 자신에게 는 어리석지 않았다. 이 두 가지 어리석음은 군자가 피하 지 않는 것이다.

지금 우리 최 선생은 당堂을 짓고서 '어리석음을 지킨 다[守愚]' 라는 이름으로 당호를 걸었다. 어리석음의 뜻은 이 네 가지가 있으니, 이 중에서 어떤 뜻을 취하신 것인지 감히 여쭙는다. 선생은 인에 거하고 의를 따랐으므로 말 하는 것마다 예의에 맞지 않는 것이 없었으니, 자포자기 한 사람의 어리석음이 아니다. 깊은 곳에 거처하여 뜻을 구하고 세상에서 벗어나 근심이 없었으니, 세상을 개탄하 는 사람의 어리석음이 아니다. 조정에 나아간 적이 없었 으므로 자신을 숨겨 재앙을 면할 일이 없었으니, 영무자 의 어리석음도 아니다.

생각하건대, 선생이 지킨 것은 아마도 안씨의 어리석 음일 것이다. 거친 밥을 먹고 물을 마시면서도 다른 사람 의 고량진미를 바라지 않았으니, 가난한 삶을 살지라도 자신의 즐거움을 바꾸지 않는 것에 가깝다. 다른 사람의 훌륭한 점을 들으면 마치 난초를 몸에 지닌 것처럼 좋아 하였으니, 한 가지 선한 것을 마음에 간직하여 잊지 않는 것에 가깝다. 등용하면 나아가 도를 행하고 버리면 물러 나 은거하는 것에 관해서는 선생이 여러 번 부름을 받았 지만 나아가지 않았고 벼슬을 마치 뜬구름처럼 하찮게 여 겼으니, 내가 감히 논할 수 있는 것이 아니다.

나는 보잘 것 없는 사람이지만, 매번 선생의 문하에 출입하면서 전후로 도덕을 보았고, 좌우로 가르침을 들었다. 그런즉 부족한 내가 당명堂銘을 짓는 것이 비록 참람되지만, 좋아하는 이에게 아첨하는 데에는 이르지 않았다. 명을 지어 말하기를,

울창한 두 그루 노송나무 심겨 있고,	鬱鬱雙檜
무성한 만 그루 대나무 둘러쳤네.	猗猗萬竿
중앙에 하나의 당이 있으니,	中有一堂
석인碩人의 마음이 넉넉하도다.	碩人之寬
그 지킴은 무엇인가,	其守伊何
불개기락不改其樂의 어리석음이네.	惟愚是樂
멀리 옛사람을 생각하건데,	緬會古人
안씨가 먼저 이 어리석음 얻었었네.	顔氏先獲
위대하다! 우리 선생이여!	偉我先生
시대는 아득히 멀지만 마음은 서로 같네.	曠世同符
어리석을 만한 일에 어리석었으니,	可愚而愚
진실로 어리석지 않도다.	展也不愚

송정은 수우당을 '우리 최 선생[我崔先生]'이라 지칭하고 자신을 '소자小子'라고 말했다. 그리고 수우당이 지키고자 했던 어리석음은 안자顔子의 어리석음으로, 안빈낙도安貧樂道의 삶을 추구한 것이라고 칭송하였다. 비록 짧은 한 편의 글이지만, 송정이 수우당의 고

세찬 바람 속 푸른 소나무, 송정 하수일

도강서당 : 수우당 최영경을 모신 서당

결한 삶에 대해 깊이 이해하고 있음을 볼 수 있으며, 직접 곁에서 보고 들은 제자로서 스승을 존모하는 마음을 느낄 수 있다.

각재는 스승인 남명 조식으로부터 인격의 고매함에 대해 '눈 속에 핀 매화'라는 칭송을 받았으며, 동문인 수우당에게 '모래사장 위의 백로'라는 미칭을 얻었다. 그리고 수우당은 '봉황이 천길 하늘을 나는 듯한 기상'이라는 말로 그의 높은 인격과 절개가 일컬어졌다. 이들은 모두 남명의 고제高弟로서, 맑고도 높은 인격과 삶을 살아간 학자들이었다.

송정이 종유한 인물로는 영무성寧無成 하응도河應圖(1540~1610), 모촌茅村 이정李瀞(1541~1613), 조계潮溪 유종지柳宗智(1546~1589), 설학雪壑 이대기李大期(1551~1628), 무송撫松 손천우孫天祐(1553~1594) 등이 있는데, 이 중에서 설학 이대기를 제외한 나머지 네 사람은 송

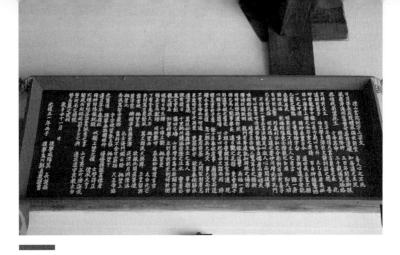

사호 오장이 지은 덕산서원사우상량문 : 덕천서원에 걸려있는 상량문

정 및 백암白巖 김대명金大鳴(1536~1603)과 함께 각재를
주향한 대각서원大覺書院에 배향된 인물이다. 각재를 포
함한 이들 7명은 '대각칠현大覺七賢'으로 일컬어진다.

이 외에도 죽각竹閣 이광우李光友(1529~1619), 대소헌
大笑軒 조종도趙宗道(1537~1597), 일신당日新堂 이천경李
天慶(1538~1610), 부사浮査 성여신成汝信(1546~1632), 수오
당守吾堂 오한吳僩(1546~1589), 모헌慕軒 하혼河渾(1548
~1620), 창주滄州 하징河憕(1563~1624), 사호思湖 오장吳
長(1565~1616) 등과도 종유하였다.

위의 사람들은 모두 인근에 거주하고 있던 남명학
파의 학자로, 송정은 그들과 더불어 학문을 토론하고
시를 주고받으며 학문적·정신적 교감을 나누었으며,
남명의 학문을 계승하고 선양하는 일을 위해 함께 노
력하기도 하였다.

세찬 바람 속 푸른 소나무, 송정 하수일

제3장
지극한 효성

인간人間이란 단어를 글자 그대로 풀이해 본다면, 사람과 사람 사이라는 뜻이다. 인간이라는 말 자체에 사람은 다른 사람과 어울려 함께 살아가야 하는 존재라는 의미가 내포되어 있다. 유학에서 인성人性 가운데 최고의 덕목으로 꼽는 인仁도 人과 二가 조합된 글자이다. 사람과 사람의 관계를 의미한다. 한의학에서 피가 제대로 순환되지 않아 마비가 오는 것을 '불인不仁'이라고 하는데, 이것을 인간 관계로 말한다면 사람과 사람 사이에 마음이 굳게 닫혀 소통되지 않는 상태라고 말할 수 있다.

윤리의 기본 토대인 오륜五倫은 부모와 자식, 임금과 신하, 남편과 아내, 형과 동생, 친구지간의 인간 관계를 뜻하며, 그 관계 속에서 지향해야 할 목표를 친親·의義·별別·서序·신信 등으로 설정하고 있다. 그

자로부미 : 자로가 부모님을 봉양하기 위해 멀리까지 가서 쌀을 구해왔다는 고사

렇다면 유학에서 칭송하는 이상적 인간으로서의 성인은 사람과 사람 간의 관계 속에서 조화롭게 살아가는 삶을 극도의 경지에까지 이룩한 사람이라고 이해할 수 있다. 그리고 성인이 인간 관계 속에서 성취한 고도의 덕성은 다름 아닌 인仁 · 의義 · 예禮 · 지智 · 신信의 오성五性이란 용어로 개념화할 수 있다.

유학에서는 인간 관계 중에서 가장 중요하고도 근본적인 것은 부모와 자식 간이라고 한다. 자신에게 생명을 주고 피와 살을 물려주신 부모님보다 더 친밀한 사람이 누가 있을까? 유학 사상의 전체적인 구도 속에서 차지하는 효의 의미와 비중을 이와 같이 이해한다면, 효의 실천이 얼마나 중요한 것인지를 분명하게 파악할 수 있다.

옛말에 효자가 아니면 벗으로 사귀지 말라고 하였다. 자신에게 있어 가장 친밀하고도 근원적인 관계를 제대로 실천할 수 없으면서, 그것보다 더 먼 관계를 잘한다는 것은 본말이 전도된 것이며 위선적인 것이기 때문이다. 공자는 "젊은이는 집안에 들어가서는 효를

행하고 밖에 나와서는 공손하며, 행실을 삼가고 말을
신의 있게 하며, 널리 사람들을 사랑하되 인仁한 사람
과 가까이 해야 한다. 이것을 실천한 뒤 여력이 있으면
글을 배워야 할 것이다."라고 하였다. 사람과 사람 간
에 지키고 행해야 할 일들을 최선을 다해 실천한 뒤에
지식을 배워야 한다는 이 말씀은 인간의 삶에 있어 무
엇이 더 고귀하고 중요한 것인가를 깨닫게 하는 죽비
이다.

   송정이라는 호가 돌아가신 아버지를 그리워 하고
홀로 계신 어머니를 극진히 섬기고자 하는 뜻을 담고

하면 묘소

있다는 사실에서도 알 수 있듯이, 그는 효를 매우 중요
하게 생각하였을 뿐만 아니라 극진히 실천하였다.

「행장」에 의하면, 송정은 부친의 병환이 위독할 때
수 개월 동안 곁에서 간호하며 약을 달이고 옷도 벗지
않은 채 모셨다고 한다. 그리고 칼로 손가락을 찔러 피
를 마시게 하여 소생시킨 일도 있었다. 상을 당해서는
슬픔으로 인해 심각할 정도로 몸을 상하였으며, 상례
에 소용되는 물건에 정성을 다해 갖추었으며, 송정에
서 여묘살이를 할 적에는 어머니를 뵙는 일 외에는 일
체 사실私室에 들어가지 않았다고 한다.

그는 돌아가신 아버지를 그리워 하면서 다시는 몸
과 마음을 다해 섬길 수 없음을 안타까워 하며 「효유
불급설孝有不及說」을 지었다. 다음
의 내용에서 송정이 부모님을 섬
기는 정성과 모습을 대략이나마
그려볼 수 있다.

마음을 다해 극진히 공경하여 뜻
을 즐겁게 해드리며, 힘을 다해 극진히
봉양하여 몸을 편안하게 해드린다. 살
아계시는 날을 아끼는 정성을 스스로
그만두지 못하는 것이다. 화창한 봄날
북당에 훤초가 무성하고 나무에 꽃이
피면, 왼쪽에서 봉양하고 오른쪽에서

효유불급설

받들면서 장수를 기원하는 술 석 잔으로 남산의 축수를 올리고, 오색 색동옷을 입고서 노래자老萊子의 춤을 춘다. 이 때를 당하여서는 기쁘고 즐거워 삼공三公의 높은 벼슬을 얻는다고 하더라도 그 즐거움을 바꾸지 않으리라.

　해가 서산에 임박하여 백발의 부모님께서 문득 돌아가시게 되면, 집에 들어가도 의지할 곳이 없으며 밖으로 나가도 기댈 곳이 없게 된다. 부모님의 고생을 추념하면서 못 다한 봉양을 슬퍼하며, 무덤가의 소나무와 개오동나무를 어루만지면서 산짐승의 발자국이 어지러운 것을 안타까워 한다. 이 때를 당하여서는 너무나 괴롭고 비통하여 천하의 온갖 소리를 다 내지른다고 한들 그 슬픔을 풀어낼 수 없다.

　송정은 자신도 효도를 극진히 실천하였을 뿐만 아니라, 다른 사람의 효성에 대해서도 높이 칭송하였다. 비록 하인의 신분일지라도 그가 효도를 행한 효자라면, 송정은 공경하는 마음을 가졌다.

「성중과효자각城中過孝子閣」

효자 사노私奴 세각世恪의 정려 앞에서,	孝子私奴世恪閣
몇 명이나 지나가며 공경을 표하는가?	幾人過此式前車
성안에 가득한 화려한 누각 헤아릴 수 없지만,	滿城華閣應無數
외로운 이 정려 유독 나에게는 공경심 일으키네.	唯有孤旌獨起余

송정은 생일을 맞이하면서 다음과 같은 시를 읊기
도 하였다.

「정월이십이일서회正月二十二日書懷」

나그네 신세로 생일을 맞으니,	客裏逢春日
부모님 그리움 견디기 어렵구나.	難堪寸草情
이 날 저녁 수고로움 크셨으니,	劬勞多此夕
평생 불효의 죄스러움 뿐이네.	不孝負平生

위의 시에서 보듯이, 송정에게 있어 효는 신분에
상관없이 모두가 실천해야 할 최고의 가치였다. 그리
고 어느 순간 어느 곳이든 항상 그의 마음 속에 간직된
우선적 생각이었다.

속담에 '효자 밑에 효자 난다'는 말이 있다. 송정
의 막내동생 매헌梅軒 하경휘河鏡輝(1559~1592)는 각재
의 형인 종숙부 환성재喚醒齋 하락河洛(1530~1592)에게
양자로 갔는데, 임진왜란 때 상주성尙州城에서 왜적과
맞서 싸우던 부친을 보호하다가 결국 함께 순국하였
다. 그때 그 자리에 있던 왜적 중의 한 사람이 "이 사
람은 효자로다"라고 말하고서 성문 곁에 매장하고 '효
자시孝子尸'라는 나무 표식을 하였다고 한다. 그 후 조
정에서는 특명으로 상주 북문 바깥과 진주 수곡촌에
정려를 내렸다.

또한 송정의 현손 석계石溪 하세희河世熙(1647~1686)

매헌 하경휘 정려

도 효자로 칭송을 받았으며, 나
라로부터 정려가 내려졌다. 그
의 효성에 관해 서계西溪 박태무
朴泰茂가 「효자전」을 지어 기리
었는데, 마치 송정의 모습이 다
시 그에게 현현되고 있는 듯한
느낌이 들 정도로 닮아 있다.

　할머니께서 연로하여 어린
아이처럼 잘 보살피어 잠시도
곁을 떠나지 않았고, 음식을 봉
양할 때에는 모두 맛을 본 이후
에 음식을 올렸다. 하루는 할머
니의 병환이 위독해지자 처사는
손가락에서 피를 내어 할머니에

석계 하세희 정려비

게 마시게 하여 목숨을 연장할 수 있었다. 이 때 처사의 나이 겨우 14세였다. 모든 사람들이 혀를 차면서 탄복하기를 "참으로 효자로다"라고 하였다.

그리고 할머니를 섬긴 것과 같이 어머니를 지극한 정성으로 섬겼다. 어머니를 모시던 중 병환이 위독해지자 수 개월 동안 옷도 벗지 않고 잠도 제대로 자지 않으며 시종여일 극진히 간호하였다. 날마다 어머니의 대변을 살피고 병의 차도를 알아보았다. 상을 당하여서는 습렴襲殮을 하고 고인의 예법과 같이 장사를 지냈다. 여묘살이를 할 때는 죽을 마시며 3년을 지냈으며, 3년 동안 여막 밖을 나가지 않았다. 상을 마치고 제사를 받들 때에도 또한 그렇게 하였다.

송정은 "도道가 세워지는 것은 효제孝悌의 실천에 의해서이다."라고 하였다. 이처럼 그는 효도를 매우 중시하였고 또한 극진히 실천하였으며, 그것이 다시 후대로까지 이어져 효열지문孝烈之門이라는 아름다운 가풍을 이루었다.

이곡 각자 : 우리말로는 '삵실' 이다. 삵실이라는 본래의 이름이 미화되어 사곡(士谷)이 되었다.

세찬 바람 속 푸른 소나무, 송정 하수일

제4장

과거시험 보러 가는 길

송정은 과거 시험을 보러 갈 때, 어떠한 마음 가짐
과 태도를 가졌을까? 송정은
23세 때 부친을 모시고 둘째
동생 하천일河天一·매부 이유
함李惟諴 등과 함께 과거시험을
보러 갔었다. 상피제相避制로
인해 도중에 부친은 경상좌도
의 대구大邱로 갔고, 송정의 형
제는 경상우도의 선산善山으로
갔다. 이 때 송정은 「동정부東
征賦」라는 작품을 지어 처음 출
발한 때로부터 선산에 도착하
기까지의 여정을 서술하고 곳
곳에서 만난 풍경과 사건들을

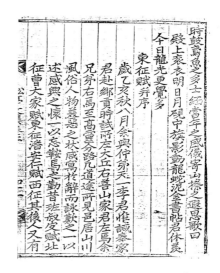

동정부

통해 자신의 생각과 감회를 표현하였다. 이 작품을 통해 과거시험을 보러 가는 송정의 마음 자세와 학문적 지향을 살펴볼 수 있다. 긴 내용의 작품이므로, 중요한 대목만 보기로 한다.

우뚝한 호접루 난간에 기대어,	憑蝴蝶之危欄
남명의 수택手澤을 우러러 보네.	仰南冥之手澤
몇 개의 글자 아직도 새로우니,	字若干其尚新
남은 자취 어제의 일인 듯 완연하네.	宛遺跡之如昨
참으로 우리 동방의 유종儒宗이시니,	實我東之儒宗
상실한 시대에 도학을 제창하셨네.	倡道學於旣喪
한스럽게도 나는 어리고 어리석어,	恨余生之稺愚
강석에서 직접 배우지 못했네.	衣未摳於函丈
생각이 아득한들 미칠 수 있으랴?	思悠悠兮何及
공허하게 탄식만 부질없이 길도다.	怒余嘆兮徒長

집에서 출발하여 첫 번째로 지나간 곳이 단성의 강가에 있는 호접루蝴蝶樓였다. 이 누각은 남명이 명명하였다고 전해진다. 송정은 과거 시험을 보러가는 여정의 첫대목을 남명에 대한 흠모로부터 시작한다. 물론 길을 가는 여정의 첫 길목이 호접루이기 때문이라고 볼 수도 있지만, 서술한 내용으로 볼 때 쉽게 간과할 수 없는 심장한 의미가 담겨 있음을 볼 수 있다.

송정은 호접루를 통해 남명에 대한 존모의 마음을

호접루 : 근래에 복원된 호접루

표현하였다. 남명이야말로 우리나라 유학의 종장이며, 끊어진 도학을 창도하여 다시 이으신 분이라고 칭송하였다. 그리고 자신은 늦게 태어나 남명에게 직접 배울 수 없었음을 안타깝게 생각하였다.

주지하고 있듯이, 남명은 평생 은일처사로서 삶을 사셨던 분이다. 젊었을 때 과거 시험에 나아가기는 했지만 문과에 급제한 적은 없다. 우스개 소리이지만, 만약 고시원 이름을 '남명고시원' 이라고 짓는다면 그는 남명을 모르는 사람이리라. 그럼에도 불구하고 송정은 과거시험을 보러 가는 첫 길목에서 남명의 자취를 더듬었고, 그 분을 우리나라 유학사에서 가장 위대한 분이라고 극찬했다. 과거 시험을 보러 가는 송정의 마음 자세가 여느 일반 사람들과는 판이하게 다르다는 것을 첫대목에서부터 감지할 수 있다.

다음은 송정의 학문적 자세를 이해할 수 있는 부분

호접루에 걸려 있는 동정부 시판

으로, 두 대목을 인용하여 살펴보기로 한다.

담연히도 무성한 저 들판,	淡平野之藹藹
곡식이 익어 고개를 떨구었네.	黍稷或其離離
패었지만 맺지 못한 것들도 있고,	或旣秀而不實
풀들만 무성하고 곡식은 드물기도 하네.	或草盛而豆稀
땅이 척박하거나 비옥하다고 해도,	地雖殊其瘠饒
역시 부지런함과 게으름의 차이 때문이네.	亦人事之力惰
비유컨대 노력의 정도에 따라,	譬做功之淺深
학문의 높고 낮음이 결정되는 것과 같네.	學隨之以高下
실로 사물의 이치가 이렇듯 분명하니,	誠物理之分明
누가 이를 알아 돌이켜 돌아볼꼬?	孰理會而反顧
새벽같이 일어나 안언역을 출발하니,	曉吾行此安彦
자욱한 안개 눈앞을 가리네.	靄雲霧之曖曖

세찬 바람 속 푸른 소나무, 송정 하수일

산천은 어두워 흐릿하고,	山川暗其微茫
천지는 아득히 희미하네.	乾坤漠其昏黑
내 마음을 돌이켜보니,	顧余身之方寸
가려져 막힌 모습 이와 같구나.	正類此之蔽塞
어찌하면 볼 수 있을까?	安得睹夫青天
청천에 찬란히 빛나는 해를.	灝日光之生白

송정은 여정의 곳곳에서 만나는 풍경과 사건을 그저 스쳐가는 대상물로 치부하지 않고, 그것들을 통찰하여 그 속에 담겨 있는 의미를 발견한 다음, 다시 자신에게 돌이켜 성찰하는 계기로 삼았다. 송정이 견지한 이와 같은 학문적 자세를 '사물을 통찰하여 자신을 살핀다[觀物反己]'란 말로 요약해 본다면 어떨까? 이러한 학문적 태도는 송정이 일상의 생활 속에서 겪는 사소한 일이나 짧은 순간에도 철저하게 자신을 성찰하는 훈련에 의해 형성된 것이라고 이해된다. 그에게 있어 평범한 일상의 모든 것들은 자신 수양의 생생한 현장이었다. 인용한 두 대목에서 송정의 그와 같은 학문적 자세와 수양법을 여실히 볼 수 있다.

어느 시대나 그러하듯이, 부와 권력을 얻을 수 있는 곳에는 그림자처럼 항상 부정이 뒤따르기 마련이다. 요즈음 대학 입시를 비롯한 각종 시험에서 적발되고 있는 부정 입시와 마찬가지로, 조선시대에도 과거 시험에 따른 온갖 부정 행위들이 난무하였다.

이와 관련하여 문무자文無子 이옥李鈺(1641~1698)이 지은「류광억전柳光億傳」은 조선시대 과거시험이 부패한 실상을 구체적으로 보여주고 있다. 이 전기의 주인공 류광억은 합천 사람으로, 과거 답안지를 팔아 생계를 삼았다. 어느 날 서울에서 파견된 시관試官이 영남에 내려와서 감사에게 영남 제일의 인재가 누구인지 물었다. 류광억이라고 대답하자, 시관은 자기의 감식안으로 수많은 답안지 중에서 류광억의 답안지를 골라 장원으로 삼겠다고 말했다.

이에 시험이 치러졌고, 시관은 한 답안지를 보니 과연 장원이 될 만하였다. 그런데 다른 답안지를 보니 그럴듯하여 2등과 3등으로 뽑았다. 그러나 그 답안지에는 모두 류광억의 이름이 없었다. 조사해보니 류광억이 돈을 받고 답안지를 대신 작성해주었는데, 받은 돈의 액수에 따라 답안지의 수준을 다르게 했다는 것이다. 시관은 글을 보는 안목을 검증받기는 했지만, 류광억의 이름이 없었기에 그의 자백을 받아내 자신의 감식안을 증명할 증거로 삼으려 했다. 그래서 류광억을 불러 확인하려 했을 뿐, 처벌할 생각은 없었다. 하지만 체포하라는 명이 떨어지자, 류광억은 잡히면 죽을 것이라 생각하여 자살하였다고 한다.

류광억과 같이 전문적으로 과거 답안지를 대신 지어주는 사람을 당시에 거벽巨擘이라 하며, 대신 글씨를 써주는 사람을 사수寫手라 불렀다고 한다. 이외에도

세찬 바람 속 푸른 소나무, 송정 하수일

과거시험과 관련한 온갖 부정행위들이 우리의 상상을 초월할 정도로 저질러졌다.

평생도 중 소과응시

단속이 느슨한 틈을 타서 양반 자제들이 많은 수종을 데리고 들어갔다. 수종들은 책을 가진 자, 시험지를 베껴주는 자, 외부와 연락해 시험답안지를 바꿔치기 하는 자들이었다. 그리하여 어느 때는 사람들이 너무 많아 밟혀 죽는 자와 상처를 입는 자들이 많았다고 한다.

응시자들이 하도 많아 시관이 시간에 쫓겨 다 읽어 채점을 하지 않고 반절 정도만을 채점하는 경우가 있었다. 그러자 시험지를 먼저 내려고 다투기도 했고, 몇 사람의 글쟁이를 데리고 들어가 분담하여 시험지를 신속하게 작성해 내기도 했고, 종사자를 매수해 늦게 내고도 앞에 슬쩍 끼워 넣게도 했다.

다음은 차술借述·대술代述하는 방법이 있었다. 시험장에 대여섯 명을 데리고 들어가 각기 답안지를 작성하고 그들 속에 제일 잘 쓴 답안지를 골라서 내는 것이다. 이것이 차술이다. 또 시험장 밖에 글 잘하는 선비를 대기시켜 놓고 종사원을 매수해서 시험 제목을 일러주면 대리 답안을 작성한다. 이 대리답안지를 다시 종사원이 응시생에게 전달하여 제출하는 것이다. 이것이 대술이다.

심지어 응시생이 시험장 안에서 일단 절차를 밟고 난 뒤 시험장을 빠져 나와 집이나 서당에 앉아 답안지를 작성한 뒤 다시 들어와 제출하는 방법도 있었다. 이 방법은 여러 종사자들을 매수해야 가능한 일이었다. 특별히 권세 있는 집의 자식들이 써먹던 부정행위였다.

응시생과 시관이 짜고 부정으로 합격시키는 방법도 있었다. 그 방법은 여러 가지였다. 시관이 시험문제를 미리 일러주어 집에서 답안지를 작성해 제출하는 방법, 응시생이 답안지에 점을 찍는 따위 암표暗票를 하여 누구의 답안지인지 알게 해서 시관이 합격시켜주는 방법, 종사원에게서 자호를 알아내 시관에게 알려주는 방법 따위가 동원되었다.

또 시관의 보조역할을 맡은 등록관을 매수해 답안지를 베낄 때 잘못 놓여진 글자나 엉터리 문맥을 바로잡아 고치게 하는 방법도 있었다. 이를 역서易書라 한다. 또 종사자를 매수해 다른 합격자의 이름을 답안지에 바꿔 붙이게 했다. 이를 절과竊科라 했다. 다른 합격자를 도태시키는 가장 악질적 방법이었다.

이이화, 「조선시대 과거시험 부정행위와 방지 장치」

조선시대 과거시험의 부정 행위에 대해 잠시 살펴보았다. 이것은 당시 과거시험이 가진 그늘 진 부분을 말한 것으로, 모든 사람들이 그러했다는 뜻은 아니다. 이와 같이 문란하고 부패한 일면이 있었기 때문에, 오히려 그렇지 않은 사람이 더욱 보석같이 여겨지는 것이다.

과거시험이 가진 폐단과 응시자의 경박한 풍조에 대해 송정도 신랄하게 비판했다. 송정의 눈으로 바라본 당시 과거 시험의 세태를 옮겨보면 다음과 같다.

과거 제도가 만들어진 이후로,	自科業之一設
세상의 풍도가 경박해졌도다.	嘆世道之澆薄
학문은 끊어지고 교육은 어긋나고,	學已絶而教乖
과문科文만 짓고 다듬네.	止時文而鐫刻
힘써 문사를 꾸미기만 하니,	但騁好夫文辭
정신이 혼미한 줄을 어찌 알랴?	豈知昏其神鑑
선한 본성을 버리고 수양하지 않으니,	棄天爵而不修
날마다 인심이 무너져 가네.	日人心之壞陷
풍조는 재주있는 사람 시기하고,	風已成於忌才
어지러이 이름을 다투기만 하네.	亂相尋於爭名
천하에 이런 학문을 행한다면,	行是學於天下
세상이 어찌 태평하게 되겠는가?	世何昇夫隆平
조정에 이런 사람을 등용한다면,	用是人於廟堂
백성들 편안하게 살 수 없으리.	民不得以聊生

참된 학문은 실종되고 오로지 명리만을 추구하는 당시의 세태를 바라보며, 송정은 탄식을 그칠 수 없었다. 그러나 자신도 그와 같은 과거 시험장에 응시하러 온 사람인 것을 돌아보며, 그는 무엇을 생각했을까? 옥과 돌이 뒤섞여 있는 가운데, 누가 옥을 구분할 수 있을까? 송정은 「동정부」의 마지막 부분에서, 자신이 추구하는 학문의 목표를 밝히며 답답한 심경을 스스로 위로하였다.

나도 또한 성현의 말씀에 어두워,	余亦昧夫前訓
지엽만 무성한 병통에 빠졌네.	坐枝葉之繁茂
만에 하나 작은 공로를 세워보려고,	圖寸功於萬一
많은 사람들 뒤따라 달려 왔네.	且從衆而馳騖
그러나 내 마음에 간직한 생각,	然余心之所存
어찌 명리만을 일삼으랴.	豈維事夫名利
옛사람 간직한 것을 살피며,	考古人之所佩
우러러 흠모하는 마음 그치지 않네.	欽景仰之不已
공자의 자상한 가르침,	惟夫子之善誘
박문약례를 말씀하셨네.	有博約之格言
맹자의 긴요한 말씀,	孟氏挈夫裘領
마음을 붙잡아 간직하라 하셨네.	重指掌於操存
차라리 힘이 부족해 죽을지언정,	寧力不足以死兮
이 말씀 지키기를 바라네.	或庶幾乎斯語
아, 이러한 뜻을 누구에게 고하랴!	嗟此志之告誰

세찬 바람 속 푸른 소나무, 송정 하수일

글에 의지해서 스스로 펼쳐보네.　　　　　　**聊憑辭以自敍**

    위의 내용을 본다면, 송정은 이 당시에 이미 자신의 학문 목표를 확립하고 있음을 알 수 있다. 그는 자신이 진정 지향하는 학문의 목표를 밝힘으로써 학문적 정체성을 확립하여 일생을 마칠 때까지 힘써 노력할 것을 결심하였다. 송정이 견지한 수양 방법이 '사물을 통찰하여 자신에게 돌이켜 성찰한다[觀物反己]'는 것이라면, 학문의 목표는 다름 아닌 자신을 올바르게 세우는 것을 우선으로 하는 '위기지학爲己之學' 이었다. 위기지학은 외부의 다른 무엇을 위해 자신을 잃어버리는 것이 아니라, 자신을 온전한 하나의 인격체로 완성하는 데에 힘쓰는 것이다. 성인의 경지에까지 자신을 이르게 하기 위해 부단히 노력하는 것이다. 송정이 이 때의 시험에는 합격하지 못했지만, 한 때의 영광과 출세보다 더 귀하고 높은 것을 이미 얻었음을 볼 수 있다.

제5장

아름다운 자연 속에서
느끼고 깨닫다

송정은 1578년 4월 두 아우 하천일·하경휘와 함께 하동 청암靑巖 서쪽에 있는 토가사土佳寺에서 글을 읽었다. 토가사는 좌우 모두 산으로 둘러쌓여 있었는데, 한 언덕 너머 우뚝하게 높이 솟아 앞을 가로막고 통천洞天의 문이 된 것이 동악東岳이고, 층층의 산봉우리가 여러 번 솟구쳤다 낮아졌다 하며 뻗어 내리다 우뚝하게 맺혀 주산主山이 된 것이 북악北岳이다. 작은 봉우리가 나즈막이 솟아 남쪽에 일어선 것이 남악南岳이고, 남쪽

유청암서악기

에서부터 점점 높아지다 천 길 절벽처럼 우뚝하니 솟은 것이 서악西岳이다.

처음에는 송정을 비롯한 3명이 공부를 하였는데, 얼마 후 송정에게 배우려고 찾아온 자들이 많이 모여들었다. 어느 날 제생들이 "사악四岳 가운데 서악의 산세가 가장 기이하고 험준합니다. 그곳에 한 번 올라 유람하시지요."라고 하며 유람을 청하였다. 그리하여 송정은 작은 왕대나무를 지팡이로 삼아 유람의 길에 올랐다.

이 때 함께 동행한 이들은 두 아우와 정안성鄭安性·하문현河文顯·손문병孫文炳·양성해梁成海·손성孫誠 등이었으며, 동자로서 따라 갔던 자는 양산해梁山海·양종해梁宗海였다. 유람의 일정은 토가사에서 출발하여 서일암西日庵 → 서악 정상 → 남쪽 방면으로 하산 → 토가사로 돌아오는 것이었으며, 당일에 모든 여정을 마쳤다.

서일암은 목수이면서 승려였던 지관智觀에 의해 지어진 절이다. 이 곳에 들른 송정은 지난 해 겨울 이 암자에 왔던 일을 회상하며 그 때 지은 시 한수를 떠올렸다.

산뜻한 새 암자 속세와 멀어 청정하고,　　　　　　翠微新闢迥塵清
잎사귀 진 텅빈 산 돌길이 훤히 드러나네.　　　　木落山空石路明
바위의 달은 밤이 되자 창밖에서 떠오르고,　　　　巖月夜從牕外湧

세찬 바람 속 푸른 소나무, 송정 하수일

골짜기 구름 새벽녘에 베갯머리서 피어나네.　　　　洞雲晨傍枕前生

서악의 정상에 도착하자, 서북쪽은 숱한 봉우리가
사방을 에워싸고 있어 아무 것도 보이지 않았다. 단지
지리산智異山 천왕봉天王峯만이 허공에 높이 솟아 있을
뿐이었다. 송정은 천왕봉의 우뚝한 기상을 바라보며,
안연顏淵이 공자에 대해 찬미한 '우러러 볼수록 더욱
더 높게 보인다' 는 의미를 깨달았다.

서악의 동남쪽은 목도鶩島와 섬진강蟾津江이 한눈
에 들어왔고, 금산錦山과 와룡산臥龍山이 내려다 보였
다. 그 밖에 수많은 언덕과 작은 물길들이 언덕 같기도
하고 띠 같기도 해서 한 눈에 다 들어오지는 않았다.

송정은 서악의 정상에 서서 제생들에게 "작은 산
에만 올라도 보는 것이 이와 같거늘, 태산泰山에 올라
천하를 구경한다면 어떠하겠는가!" 라고 하였다. 그리
고 남쪽으로 하산하면서 몸이 내려가면 갈수록 시야
가 더욱 낮아지는 것에 비유하여, "선비는 처신을 가
려서 해야 하니, 낮은 곳에 처하면 보는 것이 낮고, 높
은 곳에 처하면 보는 것이 높게 된다. 가려서 높은 곳
에 처하지 않으면 어찌 지혜롭다 하겠는가? 옛날 정자
程子께서 등산을 학문에 비유하였으니, 어찌 취하여 본
받지 않겠는가?" 라고 제생들을 깨우쳤다.

그는 잠시 여가를 내어 서악을 유람하는 과정 속에
서도 천왕봉의 우뚝함을 보며 성인의 기상을 흠모하

송정선생 장구지소 각자 : 송정 선생이 노닐던 곳이라는 뜻으로, 낙수암으
로 들어가는 입구의 바위에 새겨져 있다.

였으며, 서 있는 곳의 높음과 낮음에 따라 시야가 달라
지는 것을 통해 선비의 처신을 생각하였다. 앞에서 말
한 '관물반기觀物反己'의 수양 방법이 유람을 하면서
도 변함없이 나타나고 있다. 자연의 아름다움을 구경
하는 것에 그치지 않고 그것을 통해 자신을 돌이켜보
고 성찰하는 계기로 삼은 것이다.

「수월헌기水月軒記」에서 관물觀物의 의미에 대해,
"사물을 보는 것을 귀하게 여기는 까닭은 그것을 통해
자신을 돌이켜 볼 수 있기 때문이다. 이런 까닭으로 주
옥珠玉을 보며 자신의 덕을 온화하게 할 것을 생각하
며, 송죽松竹을 보며 자신의 절개를 곧게 할 것을 생각
한다."라고 하였다. 그는 관물에 대해 이와 같은 자세
를 견지하고 있었으므로, 동파東坡 소식蘇軾이 적벽赤
壁에서 노닌 것은 자연의 아름다움을 감상하고 즐겼을

세찬 바람 속 푸른 소나무, 송정 하수일

뿐, 수월水月의 청명함을 수렴하여 자신에게 돌이켜 반성할 줄은 몰랐다고 비판하였다.

송정은 산수山水를 유람하면서 자연의 아름다움을 보고 느꼈으며, 여기에서 한 단계 더 나아가 자연에 담겨 있는 이치를 통찰하여 자신을 성찰하였다. 남명이 지리산을 유람하면서 "산을 보고 물을 보며 사람을 알고 세상을 안다[看山看水 看人看世]"라고 말한 관물적 자세가 송정에게 계승되고 있음을 확인할 수 있다.

水月軒記

主人趙君瑩然嘗臨水作軒未額一日陜川河君嗇軒公過焉取水月名之瑩然又請記于余嘆嚃地可目不可耳目猶未盡豈安得盡以水月之義爲之說曰夫水物之淸者也月物之明者也淸者形於下明者形於上以下之淸受上之明以上之明臨下之淸一俯一仰澹然皎皎天下之淸明執與水月爭敎然而賈子觀物者以其能及己也是以人之永珠玉者思溫甚德也取松竹者思貞喜簀也今若觀水之淸而不能反之於心見月之明而不能反之於心是徒水也徒月也君子未爲貴慕軒公之所以名

수월헌기

제6장

전쟁의 비참함과
피난살이의 고통

송정은 임진왜란이 일어난 1592년 4월에 서울에서 상주로 내려와 종숙부 환성재의 집에서 며칠 동안 머물고 있었다. 그런데 그 때 동래 東萊에 왜적이 쳐들어 왔다는 변란을 듣고서 즉시 본가로 돌아갈 채비를 하였다. 환성재가 술을 내어 전별하면서 말하기를, "우리들이 평생 성현의 책을 읽은 까닭은 의리상의 일개 '시是'자에 힘쓰기 위함이다. 삶과 죽음이 갈리는 시기이거나 위급하고 어지러운 때에도 마땅히 올바름을 지키고 흔들리지 않아 조상을 욕되게 하지 말거라."고 하

喚醒齋河光生神道碑

환성재 하락 신도비

오대사지 : 오대사는 없어졌고, 그 절터로 추정되는 곳이다.

였다.

당시 송정의 어머니는 가족들을 데리고 지리산 오대사로 피신한 상태였으므로, 송정은 가족들을 찾아 그 곳으로 갔다. 오대사는 남명과 관련이 깊은 절인데, 『남명집』에는 「제오대사題五臺寺」·「증오대사승贈五臺寺僧」 등이 실려 있다. 이 절은 1129년 진억津億대사가 수정사水精社라는 결사를 조직하여 수행하고 정진하는 일에 오로지 전념한 곳이기도 하다.

얼마 후 환성재와 그에게 양자로 출계한 막내동생 하경휘가 상주성에서 왜적과 맞서 싸우다가 전사하였다는 소식이 알려져 왔다. 송정은 상주로 가서 종숙부와 막내동생의 상구喪具를 갖추어 돌아왔다. 하경휘의 「가장家狀」에 전사할 당시의 상황을 자세히 서술하고 있다.

매헌 하경휘 정려 현판

　임진왜란 때 어버이를 모시고 산촌에 숨어 은거하였
는데, 당시 순변사 이일李鎰이 상주에 와서 머물렀다. 상
주목사 김해金澥가 사부공師傅公(환성재를 가리킴)에게 상
주성을 지킬 계책을 의논하고자 연락을 하였다. 그러자
사부공이 말하기를 "내가 외람되이 벼슬을 지냈으니, 응
당 국난에 달려가야 하지만 늙고 힘이 없어 계책을 낼 만
한 것이 없다. 그러나 지금 주관主官(상주목사를 가리킴)이
왜적을 막고자 하니, 내가 한 목숨을 아끼지 않고 나라의
은혜에 보답할 때이다."라고 하였다. 즉시 활을 잡고 말에
올라타서 20여 명의 마을 장정과 함께 본부로 달려갔다.
그런데 북문에 도착하자 적병이 갑자기 공격하여 마을 장
정들이 일시에 흩어져 달아났다.

　사부공이 경휘를 불러 말하기를, "이곳이 내가 죽을
곳인가 보다. 너는 빨리 여기를 벗어나 가족을 보호하고
지켜라."고 하니, 경휘가 "대인께서 죽음을 무릅쓰시는

데, 저만 살아 어찌 돌아갈 수 있겠습니까"라고 대답하였
다. 드디어 울부짖으며 슬퍼하다가 몸으로 사부공을 보호
하자, 흉적의 칼날이 좌우에서 날아와 부자가 동시에 죽
음을 맞이하게 되었다. 이 때 한 왜적이 "이 사람은 효자
로다."라고 말하고서 성문 곁에 매장하고 나무로 표식을
삼아 '효자시孝子尸'라고 하였다. 조정에서 특명으로 마
을에 정표를 하였는데, 하나는 상주 북문 바깥에 있고 하
나는 진주 수곡촌에 있다.

이 일이 있은 후 얼마 지나지 않아 6월에 송정은 흩
어져 도망간 군졸들을 불러 모아 왜적의 토벌을 도모
하였다. 당시 학봉鶴峯 김성일金誠一이 초유사招諭使로
서 경상도의 의병을 지휘했는데, 송정은 진사 문할文劼
및 손경례孫景禮 등과 함께 소모유사召募有司로 동참하
였다. 하지만 군량이 부족하여 모집한 향병鄕兵 400여
명이 흩어지는 상황을 겪어야만 했다. 왜적에게 종숙
부와 막내아우를 한꺼번에 잃은 송정으로서는 의병의
거사가 무산된 일이 더욱 비통하게 여겨졌을 것이다.

8월 16일 햇곡이 익자 함께 군량을 준비하여 다시
의병을 일으켰다. 그 때 사과司果 정기鄭起가 쌀을 보
내 군량을 돕기도 하였다. 당시에 송정이 목숨을 바
쳐 싸우고자 한 결의를 「차문자신제루상운次文子愼題樓
上韻」이라는 시에서 볼 수 있다.

어느 때 북치고 노래하며 한양을 되찾아,　　何時歌鼓復神州

해가 환하게 아래를 비추게 될까?　　　　天日分明照下頭

오늘 다시 남은 병졸 불러 모으니,　　　　如今更募收餘卒

섬멸치 못하면 누각에 오르지 않으리라.　不得澄淸不上樓

　송정의 이와 같은 결의에도 불구하고, 결과는 뜻대로 이루어지지 않았다. 그러나 가족을 데리고 피난을 하는 상황에서도 한편으로는 초계草溪에 가서 명나라로부터 파견된 총병總兵 유정劉綎을 만나기도 하고, 약목촌若木村으로 가서 좌랑佐郞 신설申渫을 만나 병사兵事를 의논하기도 하였다.

　피난을 하는 와중에 1594년 9월 모친상을 당하였으며, 3년상을 마친 다음 해인 정유년에 다시 둘째동생 하천일이 세상을 떠났다. 또한 같은 해에 딸과 사위마저 잃는 큰 슬픔을 겪었다. 송정은 5~6년 동안 자신이 겪었던 처참한 상황을 조화중趙和仲에게 보내는 편지에서 곡진히 말하였다.

　집안이 쇠락하고 복록이 박복하며 악이 쌓이고 재앙이 넘쳐 어머니와 두 아우 및 딸과 사위 등이

여조도사화중

5~6년 사이에 세상을 떠나 가족이 거의 없게 되었습니다. 오랫동안 울며 곡하는 가운데 병환까지 자주 겹쳐 한 해도 편안한 적이 없었습니다. 왜적에게 핍박을 당하여 노인을 업고 아이를 끌고서 산골짜기로 도망을 다니다 보니 거주할 집조차 없습니다. 지금 또 타향을 떠돌면서 말과 소를 모두 잃게 되어 아내와 자식들이 걸으며 피난을 다녀 손발이 부르텄으며, 양식마저 끊겨 해결할 방도가 없습니다. 이것은 함정에 빠진 짐승이 산으로 도망치려 해도 방법이 없고, 새장에 갇힌 새가 하늘로 날아가려 해도 기약이 없는 것과 똑같습니다.

송정이 자신의 처지를 '함정에 빠진 짐승'과 '새장에 갇힌 새'로 표현하였으니, 당시의 상황이 얼마나 절박했는가를 실감할 수 있다. 이후로 거의 2년 간이나 선산·상주·영천·안동 등지로 피난생활을 계속하였는데, 가족과 형제를 잃은 슬픔과 조카들까지 돌보아야 하는 책임까지 가중되어 몹시도 어려운 생활을 하였다.

타향을 떠돌다가 설날을 맞이하여 지은 「객중잡감客中雜感」이라는 시에서 고향에 대한 그리움과 자신의 무능함을 탓하는 송정의 안타까운 심정을 절실하게 느낄 수 있다.

설날 절기 가까이 다가오고,   俗節近正朝

쓸쓸한 마을엔 눈이 내릴 듯하네.	空村雪欲紛
마을 사람들 성묘하러 가는데,	居人皆上攏
나그네 외로이 구름만 바라보네.	客子獨望雲

올해는 세상 풍파 심하여,	今歲風塵甚
선산에 향불이 끊어졌네.	家山香火絶
응당 세성산 소나무만,	知應世嶺松
눈을 맞으며 쓸쓸히 지키겠지.	帶雪空蕭瑟

타향살이 그 자체만으로도 이미 외롭고 고달픈데, 명절에 고향으로 돌아가지 못한 채 마음으로만 그리워하는 심정은 참으로 쓸쓸하고 괴로운 일이다. 송정의 이 시구를 보면, 당나라 시인 왕유王維가 「구월구일억산동형제九月九日憶山東兄弟」에서 말한 "홀로 타향에서 나그네 되어, 명절을 만날 때면 가족 생각 더욱 간절하네[獨在異鄉爲異客 每逢佳節倍思親]."라는 구절이 떠오른다. 동일한 상황을 겪어보면 그 사람의 마음을 제대로 알 수 있듯이, 왕유가 가졌던 마음을 송정도 핍진하게 느꼈을 것이다.

설날이 거의 다 되었는데, 전쟁으로 인해 피폐한 마을 위로 금방이라도 눈이 내릴 듯한 회색빛 하늘이 어둡게 덮고 있다. 시란 내면의 감성으로 외부의 세계를 투영하는 것이므로, 어두운 회색빛 하늘은 송정의 내면 풍경과 맞닿아 있는 은유적 표현이다.

송정의 소나무

　　타향의 마을 사람들은 설날을 맞이하여 모두들 성
묘를 하러 가는데, 송정은 그럴 수 없는 처지였다. 그
래서 그는 단지 고향 마을 위에 떠 있는 구름을 바라보
며 그리움을 달랜다. 망운지정望雲之情. 이 또한 타향
의 나그네가 되어 본 사람만이 가슴으로 이해할 수 있
는 말이다.

　　비록 몸으로는 고향에 갈 수 없지만, 마음은 이미
선조들이 묻혀 계신 세성산世星山에 가 있다. 난리가
더욱 심해져 올해 설날에는 성묘조차 갈 수 없는 상황
이므로, 후손들이 찾아오지 않아 향불이 끊어진 선산
을 마음의 눈으로 바라보았다. 그리고 눈을 맞으며 쓸
쓸히 무덤을 지키고 있을 송정松亭의 소나무들을 눈길
로 쓰다듬었다.

팔이 약해 활 당기지 못하고,	臂弱不能弓

세찬 바람 속 푸른 소나무, 송정 하수일

재주 없어 검도 쓸 수 없네.	才疏未提釰
살면서 다난한 시절 만나,	生逢多難時
한 가지 공부 부족함이 부끄럽네.	自愧一功欠

배운 것은 단지 문자 뿐,	所學秖文字
공허한 말 누가 써주랴.	空言誰用之
그림의 떡과 흡사 같으니,	正似畫餠者
그림이 많은들 굶주림에 소용없네.	畫多不救飢

위의 두 수에서는 송정의 안타까운 심정을 읽을 수
있다. 능숙하게 활을 쏘지도 못하고 칼을 휘두르지도
못하는 자신의 모습을 보며, 평소 한 가지 공부가 부족
했다는 사실을 깨닫게 된다. 그 한 가지 공부는 다름
아니라 무예 수련이다. 임진왜란이 일어났을 때 많은
학자들이 비분강개하며 떨쳐 일어났다. 그러나 실제
의 전쟁에서는 큰 도움이 되지 못했다. 의병을 이끌며
왜적과 맞서 싸우기 위해서는 기본적으로 말을 달리
며 활을 쏘는 일에 익숙해야 했기 때문이다.

송정은 평소에 무예를 연마하지 않아 전쟁의 위기
상황 속에서 아무런 소용이 없는 자신을 부끄럽게 생
각하였다. 그리하여 변란 속에서 자신이 가진 지식이
란 그림의 떡처럼 현실에 아무런 소용이 없음을 자책
하였다. 송정이 이렇듯 깊이 부끄러워 하고 자책한 것
은 나라와 백성을 진정으로 걱정하였지만, 자신의 마

음과는 달리 현실에서는 쓰일 수 없는 자신을 가슴 아프게 탄식한 것이다. 오히려 이 시를 통해 위급하고 어려운 시기에 송정이 가졌던 진정어린 우국憂國과 충정忠情의 마음을 더욱 가깝게 느낄 수 있다.

제 7 장
나의 슬픔 어찌 다하랴

송정의 삶을 가만히 들여다 보면, '눈물'이란 단어
가 자연스레 떠오른다. 그가 살았던 시대는 임진왜란
과 정유재란이라는 혹독한 시련이 있었다. 그는 전쟁
의 비참한 상황 속에서 국가를 위해 마음 아파했으며,
전쟁의 와중에서 피난살이의 고통을 뼈저리게 겪었
다. 그러나 송정의 삶은 어려운 시대적 상황에 못지 않
게 개인적으로도 많은 고통과 슬픔이 있었다.

송정은 17세의 나이로 진사 윤언례尹彦禮의 딸 파
평윤씨坡平尹氏에게 장가들었다. 그런데 결혼한 지 8년
이 되는 해, 부인은 풍질風疾이 들어 24살의 젊은 나이
로 어린 아들과 딸을 남겨놓은 채 세상을 떠났다. 송정
은 부인의 죽음을 애도하면서 묘지명을 지었으며, 소
상小祥을 맞으면서는 애통한 마음이 절절하게 담긴 제
문을 지었다.

아! 혼령이 세상을 떠난 지 1년이 되었다. 아득한 그 모습 만날 수 없고, 적막한 그 소리 들을 수 없구나. 나의 슬픔, 어찌 다하랴.

규방에 들어가면 치마만 쓸쓸하게 남아 있고, 남쪽 기슭으로 나가서 바라보면, 외로운 무덤만 새로 솟아 있다. 나의 슬픔, 어찌 다하랴.

진辰의 나이는 이제 일곱 살이며, 금아今娥는 네 살이 되었다. 아침 저녁으로 나의 눈 앞에서 걸어 다니며, 나의 슬하에 의지하여 지낸다. 아비는 알지만 어미는 모르고, 아비는 부르지만 어미는 부르지 않는다. 나의 슬픔, 어찌 다하랴.

집안을 화목하게 하여 친지들의 비방하는 말이 없었고, 궁핍한 사람들을 도와주어 은혜가 두루 미쳤다. 이제는 끝났구나. 나의 슬픔, 어찌 다하랴.

아! 다함이 없는 것은 나의 슬픔이며, 기한이 있는 것은 선왕의 예법이다. 지금 소상小祥이 되어 상복을 벗지만, 마음은 끝내 차마 하지 못함이 있다. 이제 사당에 신주를 모셔 삭망으로 음식을 올리며 감히 그만두지 않으리니, 혼령은 아마도 아시겠지. 아, 애통하다!

송정은 아내가 세상을 떠난 지 1년이 되는 소상을 맞으면서 여전히 마음에 가득찬 슬픔을 토로하였다. 이제는 더 이상 부인의 모습을 볼 수도 없고 음성을 들을 수도 없게 된 것을 슬퍼하였다. 집안의 규방에 들어

세찬 바람 속 푸른 소나무, 송정 하수일

가면 주인 없는 치마만이 걸려 있었고, 남쪽 기슭에 나
가 바라보면 부인이 묻힌 새 무덤만이 외로이 솟아 있
었다. 집안에 들어가서도 밖으로 나가서도 그림자처
럼 따라다니는 부인의 부재에 대한 슬픔으로 마음이
먹먹하였다.

소상이 되었을 때, 장남 하신河辰의 나이는 일곱 살
이며, 딸아이 금아今娥는 겨우 네 살이었다. 그 어린 아
들과 딸이 오직 아버지에게만 의지하여 지내면서 아
비만 알고 어미는 모르며 아비만 부를 줄 알고 어미는
부르지 않는 모습을 보면서 마음 아파하였다.

송정은 「망처윤씨묘지명亡妻尹氏墓誌銘」에서 부인
에 대해, "어릴 적부터 용모가 단정하고 성품이 곧았
다. 장성하여 나에게 시집와서는 시부모님을 모실 적
에 공경과 봉양의 도리를 갖추었고, 형제를 대할 때 화
순한 덕을 다하였다. 그리하여 친지들의 비방하는 말

이 없었고, 집안과 마을 사람들이 훌륭하게 여겼다." 라고 하였다. 이러한 말을 본다면, 송정이 부인의 성품과 행실을 아름답게 생각하였음을 알 수 있다. 그렇기 때문에 부인의 덕행을 칭송하는 제문의 내용이 더욱 가슴 아프게 느껴지며, '이제는 끝났구나' 라는 감탄이 그저 관용적 표현으로만 다가오지 않는다. 말 그대로 모든 것이 끝나버린 극도의 슬픔이 이 한 마디의 말에 응축되어 있는 듯하다.

송정은 어머니 없이 자라는 어린 아들과 딸을 가련하게 여겨 더욱 애정을 가지고 키웠다. 그런데 장남 하신은 9살의 나이로 요절하였다. 그는 어린 아들의 죽음을 비통해 하며 눈물로 묘지명을 지었는데, 그 일부를 인용한다.

하상자묘명

아, 어찌 차마 너의 무덤에 묘지명을 짓겠는가! 너는 영특한 자질을 타고 났고, 용모가 단정했으며, 미목眉目이 다소곳하고 빼어났다. 5세에 처음으로 글자를 가르치고, 6세에 비로소 『동몽선습童蒙先習』을 읽혔는데, 모두 말해주는 대로 외우고 잊지 않았다. 그 때 나는 가르칠 만하다고 기뻐하였다. 8세에 다시 『소학小學』

을 가르쳤는데, 한두 번 가르치면 그 문장을 익힐 수 있었고, 서너 번 가르치면 그 뜻을 깨우칠 수 있었다. 혹 글의 뜻이 쉬운 곳에서는 가르치지 않아도 스스로 해석할 수 있었다. 나는 '훗날 우리 집안을 일으킬 사람이 바로 이 아이구나' 라고 생각했었다.

또한 내가 어릴 적에 시기를 놓쳐 지금까지도 학문이 이루어지지 않았으므로, 나를 경계로 삼아 제 때에 가르치려고 하였다. 이런 까닭으로 말과 얼굴을 너그럽게 하지 않았으며, 간혹 회초리로 치면서 위엄을 보여, 책망을 더 하고 게으름을 경계시켰다.

아! 네가 일찍 죽을 줄 알았다면, 배우지 않은 어리석은 사람이 되더라도 어찌 차마 단속했겠느냐. 회초리를 맞을 때 아비의 명인지라 도망가지 못하고 울면서 머뭇거리며 옷을 걷고 맞을 곳으로 나아왔었지. 지금 그 모습을 생각하니, 자애의 칼날이 나도 모르게 심장과 창자를 모두 도려내는구나. 비록 후회한들 어찌 돌이킬 수 있으랴.

아! 네가 태어나 6살이 되었을 때, 너의 어미가 죽었다. 나는 너의 어미가 일찍 세상 떠난 것이 가련했고, 또한 네가 어미 없는 것이 가련했다. 그리하여 네가 장성해서 너의 어미 제사를 받들고 우리 가문을 진작시켜 줄 것을 더욱 바랐다.

아! 믿었던 사람에게 오히려 속임을 당한다고 누가 말했던가. 지난 해 여름 6월에 선군先君의 상을 당하였고, 그 해 겨울 너마저 잃었구나. 아! 너의 불행이 아니라 우리

가문의 불행이며, 가문의 불행이 아니라 나의 죄가 진실로 하늘에 이른 것이구나.

장남 하신은 총명한 자질을 타고 났으며 용모도 단정하고 빼어났다. 송정은 '훗날 우리 집안을 일으킬 사람은 바로 이 아이구나'라고 생각하며 크게 기대했었다. 그리고 자신이 학문을 하면서 가졌던 후회를 아들은 반복하지 않기를 바라며 엄격하게 교육하였다. 하지만 아들은 아버지의 큰 기대와는 달리 일찍 세상을 떠났다. 송정은 어린 아들을 잃은 것을 슬퍼하면서 지난 날 자신이 아들에게 너무 엄하게 가르친 것을 후회하였다. 회초리를 맞을 때 아버지의 말씀이기 때문에 도망가지도 못하고 울면서 머뭇거리며 옷을 걷고 맞을 곳으로 나아오는 모습을 회상하며, "자애의 칼날이 나도 모르게 심장과 창자를 모두 도려낸다"라고 자신의 심정을 표현하였다.

송정은 죽은 아들을 생각하며 모든 것이 자신의 탓이라고 자책했다. 아들이 죽게 된 까닭은 자신의 죄가 하늘에 이르렀기 때문이라고 스스로에게 죄를 돌렸다. 그는 아들의 소상을 맞으며 「제하상소상문祭下殤小祥文」을 지었는데, 그 제문에서도 "네가 아플 적에 내가 약을 서둘러 쓰지 못해 너로 하여금 죽음을 재촉하게 하였고, 네가 죽었을 때 또한 예법을 상고하지 못해 너의 혼으로 하여금 오랫동안 의지할 곳이 없게 하였

다. 내가 실로 너를 죽이고 내가 실로 너를 잊은 것이
다."라고 말하며 자신을 탓하였다.

　장남 하신이 9살의 나이로 요절하였으므로, 파평
윤씨가 낳은 자식은 딸아이 금아만이 남았었다. 금아
는 대소헌大笑軒 조종도趙宗道(1537~1597)의 손자 조징송
趙徵宋과 1593년 겨울에 혼인을 맺었다. 그런데 1597년
12월에 송정을 따라 선산에 사는 김석윤金錫胤의 집으
로 함께 피난을 갔다가, 그 날 밤에 호랑이가 하인을
물어가는 것을 보고는 놀라 심병心病을 얻어 7일 만에
죽었다. 그 때 조징송의 나이는 20세였고, 결혼한 지
겨우 5년이었다.

　피난을 하는 중이었으므로 관
곽棺槨을 마련할 방도가 없어 남
의 집 대문짝 두 판을 얻어 대강
관을 만들어 임시로 평성리坪城里
에 장사를 지냈다. 송정은 조징송
의 죽음을 애통해 하면서 제문을
지었는데, 그 서문에서 "조생은
성품이 온화하고 조심성이 있었
으며, 마음에 나쁜 생각이 없었
고, 원대한 기량이 있었다. 그래
서 내가 매우 사랑하여 항상 스스
로 '옛사람이 말한 옥윤玉潤 같은
사람을 얻었구나' 라고 생각했

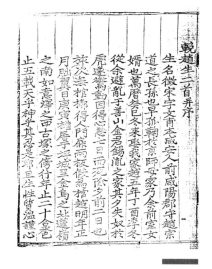

만조생

나의 슬픔 어찌 다하랴

다."라고 말하면서 조정송에 대한 각별한 애정과 기대를 가졌음을 술회하였다. 그리고 그의 죽음을 다음과 같이 애도하였다.

황석성에서 한 집안이 몰사하여,	黃石城中沒一門
조씨의 제사 오로지 그대에게 맡겨졌네.	唯餘趙祀寄君存
어찌하여 하늘은 저토록 무심한가,	如何天道無知甚
홀로 남은 손자 기어코 죽게 했네.	忍使孤孫又九原
내 문하의 이한이라고 항상 기대했었는데,	每擬吾門有李漢
약관에 세상 떠날 줄 누가 알았으랴.	弱冠誰料謝人間
온갖 일들 나그네의 마음과 어긋나니,	萬事客中心事負
허름한 관으로 선산의 산에 임시로 묻네.	假棺權葬善山山

위의 두 수 중에서 첫째 수는 목판본에만 수록되어 있고, 석인본에는 산삭되어 있다. 현존하는 송정의 문집은 두 종류인데, 하나는 송정의 6대손인 하정중河正中과 하달중河達中이 저자가 직접 편집해 놓은 『송정세과松亭歲課』를 바탕으로 저자의 유문을 수집하여 이광정李光靖의 교정과 편차를 거친 후, 1788년에 채제공蔡濟恭의 서문을 받아 6권 3책의 목판본으로 간행한 것이다. 그 후 11세손 하겸진河謙鎭이 행장·묘갈명·일기 등을 참고해 연보를 편찬하고 속집을 추가하였으며, 그의 스승 면우俛宇 곽종석郭鍾錫이 원집을 다시 교

감하여 몇 편을 산정하였다. 그리하여 1939년 13세손 하종근河宗根이 자신의 발문을 붙여 원집 5권, 속집 3권 합 4책으로 묶어 서울에서 석인石印으로 간행한 것이 다른 하나이다.

송정은 첫째 수에서 조징송의 죽음이 더욱 애통한 까닭에 대해 말하였다. 조징송의 조부 대소헌은 임진왜란 때 초유사招諭使 김성일金誠一을 도와 큰 공을 세웠고, 1597년 일가족을 데리고 황석산성黃石山城에 들어가 왜적과 맞서 싸우다가 전사하였다. 그렇기에 송정은 온가족이 나라를 위해 왜적과 맞서 싸우다가 몰사한 상황에서 오직 조징송에게 대를 이어갈 책임이 있었는데, 그마저 죽은 것에 대해 하늘을 원망하며 비통해 하였다.

둘째 수에서는 당나라 한유韓愈의 문하에 이한李漢이 있었던 것처럼, 자신의 문하에 조징송이 있음을 기뻐하고 큰 기대를 걸었던 마음을 술회하였다. 그리고 마지막 가는 길에 제대로 관곽조차 마련하지 못해 선산의 산에다 임시로 장례를 치루는 참담한 상황을 서술하였다. 송정은 자신이 그토록 아끼던 사위이자 문인인 조징송을 피난하는 중에 떠나보내며 얼마나 가슴이 무너지는 큰 아픔을 견뎌내야 했을까?

이렇듯 송정이 겪은 시대적 아픔과 개인사적 슬픔을 생각한다면, 그가 이룩한 높은 인격과 학문이 더욱 남다르게 다가온다. 세찬 바람 속에서도 변함없이 푸

송정종가 송석세가 현판

　　르른 소나무처럼, 송정은 남들보다 더한 삶의 슬픔과
고통 속에서도 꿋꿋이 하씨 집안과 남명학파를 지켜
냈다. 그리고 진주조개가 자신의 상처로 아름다운 진
주를 만들 듯이, 그는 눈물을 통해 자신의 삶을 더욱
맑고도 높게 승화시켰다.

세찬 바람 속 푸른 소나무, 송정 하수일

제**8**장

벼슬길에 나아가다

송정은 1589년 37세의 나이로 사마시에 2등으로 입격하였다. 채점한 고시관考試官이 시권試券에 "이 사람은 주자의 저술을 매우 익숙하게 읽었다"라고 칭찬하는 말을 적어놓았다고 한다. 이 때 막내 동생 하경휘 및 매부 이유함과 함께 동시에 입격하는 경사가 있었다. 그리하여 관찰사 김수金晬가 이를 듣고 기특하게 여겨 목사牧使 최립崔岦에게 다회탄多會灘에서 축하 잔치를 베풀게 하였다. 최립이 주최

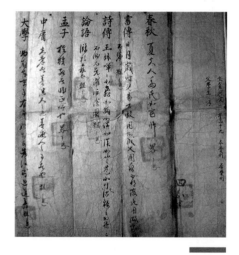

시권 : 시험관 앞에서 사서오경 중 지정된 부분을 읽고 해석한 뒤 질문에 대답하는 강경 시험에서 출제된 문제와 송정이 받은 점수. 점수는 통通·약略·조粗 등으로 매겨진다.

가 되어 잔치를 열고, 사천현감泗川縣監 권대신權大信, 정자正字 윤선尹銑, 진사 강임姜任 등이 참석하였다.

이로부터 2년이 지나 1591년 8월에 문과에 합격하였다. 문과는 생원과 진사를 선발하는 소과小科와 국가의 정식 관료 33명을 선발하는 대과大科로 나뉘는데, 대체로 문과에 합격했다는 말은 대과에 뽑혔다는 뜻이다.

대과는 정기 시험과 부정기 시험으로 구분된다. 정기 시험은 3년마다 한 번씩 치르는 식년시式年試이며, 식년은 자子·오午·묘卯·유酉 등이 들어가는 해를 말한다. 부정기 시험은 나라에 큰 경사가 있거나 중요한 의식을 행한 후에 시행되는 것이 많았다. 그 종류로 증광문과增廣文科·별시문과別試文科·외방별시外方別試·알성문과謁聖文科·정시문과庭試文科·춘당대시문과春塘臺試文科 등이 있다.

송정은 정기 시험인 식년시에서 병과丙科 20인으로 합격하였다. 송정이 시험을 치를 때에 임금이 몸소 보이는 시험인 전시殿試에서 선조 임금이 왜적을 막을 대책에 관해 물었다고 한다. 당시에 이미 왜적들이 틈을 노리는 단서가 있었으므로, 임금이 이러한 물음을 내린 것이라고 이해된다.

사마시에는 하경휘·이유함과 나란히 입격하였는데, 문과는 이유함만이 송정과 같은 해에 합격하는 기쁨을 얻었다. 비록 식년시에 함께 합격한 것은 아니지

세찬 바람 속 푸른 소나무, 송정 하수일

만, 같은 해에 시행된 별시문과에서 이유함은 장원으로 급제하였다.

　송정이 문과에 급제하고 얼마 지나지 않아 1592년 4월에 임진왜란이 일어났다. 그는 직위에 임명을 받지 못한 상태였으므로, 공적인 지위에서 나라를 위해 왜적과 싸울 기회를 얻지 못했다. 그리하여 안타까운 심정을 「피도오대사유감避盜五臺寺有感」에서 다음과 같이 표현하였다.

들으니 왕성은 함락되었고,	聞說王城陷
어가는 북으로 떠났다 하네.	鑾輿且北征
은혜 입어 과거에 합격했지만,	有恩霑一命
장영長纓을 청할 길 없네.	無路請長纓
쑥대는 한스럽게도 바람 따라 구르고,	蓬恨隨風轉
해바라기는 안타깝게도 해를 보고 기우네.	葵憐望日傾
누가 능히 좋은 꾀를 내어,	誰能謀上策
북치고 노래하며 서울을 되찾을꼬?	歌鼓復神京

　앞에서도 보았듯이, 송정은 전쟁의 난리 속에서 가족을 이끌고 피난살이를 하느라 몹시도 어려움을 겪었다. 그러다가 48세 때인 1600년에 처음으로 성균관 전적典籍에 제수되어 벼슬길에 나아갔으며, 얼마 후 영산현감靈山縣監이 되었다. 하지만 그 해 겨울 벼슬을 그만두고 조카가 있는 상주로 가서 초당을 짓고 강학

에 전념하였다.

5년 후 1605년 경상도 도사都事가 되어 관찰사 유영순柳永詢과 함께 경상도 일대를 돌아보았으며, 다음 해 상주교수尚州教授에 제수되었다. 1607년 5월 형조좌랑刑曹佐郎에 제수되었다가 곧이어 7월에 형조정랑刑曹正郎으로 승진하였다. 1608년 4월 이조정랑吏曹正郎이 되었는데, 당시 혼란한 정국으로 인해 벼슬을 그만두고 고향으로 돌아와 수곡정사水谷精舍에서 후생들을 교육하는 데에 힘을 쏟았다.

이와 같이 송정은 39세의 나이로 과거에 합격하였지만, 48세 때 비로소 관직에 나아갔다. 관직에 나아가서도 이직移職이 잦아 자신의 경륜을 제대로 펼칠 수 있는 상황이 아니었을 것이다. 그리고 청요직인 이조정랑에 올랐지만, 선조가 승하하고 광해군이 즉위하는 시기에 벼슬을 그만두고 고향으로 돌아왔다. 주지하다시피 광해군이 재위할 당시는 남명학파가 정치적으로 가장 득세할 때였는데, 송정은 당시의 정국을 못마땅하게 여겨 떠난 것이다.

상세한 기록이 없어 그 이유에 대해 자세하게 고찰할 수 없지만, 송정의 13세손 하종근河宗根이 지은 문집 발문에 "당시 당의讜議가 분열되고 벼슬 높은 사대부들이 서로 시기하여 결국 사정邪正이 분별되지 못하고 국시國是가 정해지지 않았다. 선생은 그 기미를 알고 뜻을 결정하여 벼슬에 나아가기를 즐겨하지 않았

세찬 바람 속 푸른 소나무, 송정 하수일

으니, 이런 까닭에 벼슬이 높지 않았다."라고 한 말을 참고할 수 있다.

송정은 과거에 합격한 때로부터 한참 후에 벼슬에 나아갔고, 현달한 지위에까지는 오르지 못했는데,「초당삼경설草堂三逕說」이라는 작품을 본다면 그가 이러한 것에 연연해 하지 않았음을 알 수 있다. 그는 오히려 자신을 수양하고 후학을 양성하는 데에 뜻을 두었기 때문에, 벼슬에 나아가기는 어렵게 하고 물러나기는 쉽게 하였다.

초당삼경설

「초당삼경설」은 국화·해바라기·상추 등을 통해 군자의 출사出仕에 대해 성찰한 글이다. 송정은 중춘에 초당을 짓고 국화와 해바라기를 집 앞에 옮겨 심었는데, 국화는 서른 아홉 뿌리였고, 해바라기는 한 뿌리에 세 줄기가 자라나 있었다. 그리고 저무는 봄날 다시 상추를 심었다.

그런데 제일 나중에 심은 상추는 20일이 못되어 모두 싹이 났고, 4월이 되자 이미 밥상에 올랐으며, 6월이 되자 꽃이 피고 열매가 맺혀 상추의 일은 끝이 났다. 해바라기는 6월이 되자 비단처럼 찬란하고 고리처럼 둥근 꽃을 피웠으며, 7월에는 꽃이 모두 떨어져 해바라기의 일도 끝이 났다. 국화는 꽃도 없이 무성하게 푸르기만 하더니, 9월에 서리가 깊어지자 개화하여 황금 같은 색깔과 기이한 향기가 눈에 가득하고 코에 진동하였다. 그리하여 소나무·계수나무·매화나무·대나무 등과 나란히 지조와 기상을 함께 하여 유인幽人과 지사志士로 하여금 그 절개에 감복하게 하고서 국화의 일도 마쳤다.

송정은 식물의 조만早晚을 보면서, 군자가 벼슬길에 나아가는 것에 대해 다음과 같이 말하였다. 이 말을 통해 출사에 대한 송정의 생각을 분명하게 알 수 있다.

아! 이 세 가지는 혹 먼저 심었으나 열매가 나중에 맺기도 하고, 혹 나중에 심었으나 열매가 먼저 맺기도 하였다. 그 열매를 먼저 맺은 것은 참으로 좋지만, 열매를 나중에 맺은 것도 어찌 훌륭하지 않겠는가. 옛사람이 은일隱逸을 국화에 비유한 것은 마땅하지만, 나는 이것으로 인해 사군자의 출사를 헤아려 짐작하겠다.

후진後進이면서도 벼슬에 먼저 오른 이는 상추에 비유할 수 있고, 선진先進이면서도 벼슬에 나중에 오른 이는 국화에 비유된다. 앞서지도 않고 뒤지지도 아니한 이는 비유컨대 해바라기와 같다. 나는 이를 통해 만물은 조만早晚에 따라 각각 그 때가 있음을 알겠다. 먼저 나아가 빠르다고 무엇을 기뻐할 것이며, 나중에 나아가 느리다고 무엇을 원망하겠는가. 사람들이 말하기를 "초년의 절개를 보전하기는 쉬워도 만년의 절개를 보존하기는 어렵다"라고 하였다. 차라리 9월의 국화가 될지언정 6월의 상추는 되지 말아야겠다.

제 9 장
송정 기슭의 선영으로
돌아가다

　　송정은 1608년 4월 이조정랑을 끝으로 벼슬을 그
만두었다. 이 시기는 선조가 승하하고 광해군이 즉위
하면서 남명학파의 핵심 인물인 내암來庵 정인홍鄭仁
弘(1536~1623)을 중심으로 한 북인이 정권을 주도하기
시작한 때이다. 그런데 송정은 당시 남명학파의 중요
인물임에도 불구하고 오히려 벼슬에서 물러나 낙향하
였다.

　　그는 고향으로 돌아와 수곡정사에 머물며 후생들
을 가르치는 한편, 어릴 적부터 각별한 가르침과 감화
를 받았던 스승 각재를 모실 서원을 건립하는 일에 힘
을 쏟았다. 그리하여 1610년에 드디어 대각서원大覺
書院이 완공되었는데, 송정이 지은 「대각서원봉안서大
覺書院奉安序」에 추진 과정과 참여한 인물들이 밝혀져
있다.

大覺書院奉安序

余爲憲序此候緖小寧膴五世圭章瓊仆炳燿鋸鉤圭索
銀鉤錯落縱橫定家藏世賚非麗金所擬古人聚草木於
平泉戒後世以壞一草一木爲非其子孫夫以草木之微
其相我之嚴如是况文之發於心成於言非草木之比者
李吾亦曰壞一字一句者非河氏子孫於我後人勉爭哉
月日晉陽河受一序

先生既歿之十六年門人弟子追慕先生議欲立俎豆之
所謀及□鄕一鄕皆善之謀及鄰邑鄰邑亦義之遂度先
生精舍舊址秋七月始經營八月十有一日上樑又築

대각서원봉안서

　　각재 선생이 돌아가신 지 16년
이 되는 해에 문하의 제자들이 선생
을 추모하여 향사를 올릴 장소를 건
립하고자 논의하였다. 고을 사람들
에게 의논하자 고을사람들이 모두
훌륭하게 여겼으며, 이웃 고을들에
의논하니 이웃 고을도 의롭게 생각
하였다. 마침내 선생의 정사가 있던
옛터를 새로이 정비하여 서원을 건
축하였다. 가을 7월에 처음으로 공
사를 시작하여 8월 11일에 상량하
였다. 다시 대문과 담장을 짓고 재실
齋室과 부엌을 갖추었으며, 단장하고 고치면서 2~3년이
걸린 후에 사당이 완성되었다.

　　올해 9월 5일 정미일에 드디어 봉안을 하였으니, 원근
에서 70여 명의 사람이 모였다. 제기祭器는 정결하였고,
보태고 줄이는 것에 법도가 있었으며, 의관을 정제한 이
들이 가득히 모였으니, 사문斯文의 성대한 의식이었다. 좌
랑佐郞 오장吳長이 위판位版을 적고 축문祝文을 지었다. 공
사를 시작한 초에는 하윤河潤·정대순鄭大淳·조경윤曺慶
潤 등이 이 일을 위해 힘을 쏟았으며, 봉안하는 날에는 손
탄孫坦·유이영柳伊榮 등이 소임을 맡았다. 모두 함께 한
마음으로 힘을 다하였으므로, 처음부터 끝까지의 모든 일
들이 이루어지게 된 것이다.

서원을 건립하는 일에 대해 논의한 후 점차 많은 사람들에게 동의를 얻어 건물을 짓고 단장하는 일에 이르기까지의 과정을 자세하게 서술하였다. 그리고 이 일에 주도적인 역할을 한 인물로, 오장吳長·하윤河潤·정대순鄭大淳·조경윤曺慶潤·손탄孫坦·유이영柳伊榮 등이 있었음을 기록하였다. 본인이 지은 글이므로 추진한 사람의 명단에 자신의 성명을 빼놓았지만, 이 봉안서문과 함께 상량문도 송정이 지은 것임을 생각한다면, 그가 이 일을 주도적으로 이끌어 나간 중요 인물임을 자명하게 알 수 있다.

송정이 별세하기 직전에 마지막 힘을 쏟아 대각서

모한재 : 겸재 하홍도가 강학하던 곳

원을 건립한 것은 그의 사승 관계와 관련하여 매우 중요한 의미가 담겨 있는 일이었다. 또한 한 가지 더 특기할 만한 사건이 있었다. 그것은 송정의 학문과 사상을 계승하여 학맥을 전수한 제자가 이 때 입문한 것이다. 그는 바로 겸재謙齋 하홍도河弘度(1593~1666)이다.

겸재는 송정의 나이 59세 때인 1611년 문하에 나아가 배우기를 청하였고, 『논어』·『이락연원록伊洛淵源錄』 등을 배웠다. 겸재는 송정의 만년에 짧은 기간 동안 수학하였지만, 남명으로부터 시작하여 각재와 송정에게 내려온 학맥을 전수받아 조선 후기에까지 이

영귀대 : 겸재 하홍도가 강학하다가 바람을 쐬던 곳. '영귀대'라는 각자는 미수 허목의 글씨이다.

세찬 바람 속 푸른 소나무, 송정 하수일

어지도록 중요한 역할을 담당한 인물로 평가된다.

송정이 만년에 이룩한 이 두 가지 일은 그가 평생 동안 실천하고자 했던 '옛 선현을 계승하고 후대 사람들에게 열어준다[繼往開來]'라는 사명의 빛나는 결정이었다. 그는 남명학파의 학맥을 계승하고 전수하는 일에 성의를 다하고 힘을 쏟다가, 1612년 정월 13일 60세의 나이로 고단했던 삶을 마감하고 울창한 소나무가 있는 송정 기슭의 선영으로 돌아갔다.

마지막으로 겸재가 지은 「몽송정선생차조용주몽정동계운夢松亭先生 次趙龍洲夢鄭桐溪韻」이라는 시를 읽으며 송정의 삶에 대한 이야기를 마무리 한다.

옥처럼 깨끗한 외모 물처럼 맑은 정신,　　　　玉爲仙骨水爲神

선생님의 모습 꿈속에서 생생했네.　　　　函丈從容夢也眞

지팡이 짚고 거니시던 때 얼마나 지났나?　　　負杖逍遙經幾歲

대들보 꺾인 지 42년이나 흘러갔네.　　　　　　摧樑四十二回春

현인을 사모한 정성 범인을 능가하셨고,　　　　慕賢悃愊超凡累

덕을 숭상한 말씀 속세를 벗어나셨네.　　　　　尙德談論絶世塵

유하혜의 온화로 박한 사람 후덕하게 하셨으니,　柳下和能敦薄子

소나무의 맑은 바람 쇠한 몸을 상쾌하게 씻어주네.　松風兼灑甚衰身

세찬 바람 속 푸른 소나무, 송정 하수일

학문과 문학

제 1 장

가학의 전수와
남명학의 계승

　앞에서 보았듯이, 송정은 대대로 벼슬이 끊이지 않
은 진양하씨 시랑공파 판윤가라는 명문가에서 출생하
였다. 따라서 그는 집안에 전수되어 온 유서 깊은 학문
의 전통을 어릴 적부터 자연스레 접하였다. 특히 송정
의 조부 운금정雲錦亭 하희서河希瑞(?~1570)와 종조부 풍
월헌風月軒 하인서河麟瑞(?~?)는 남명과 친분이 두터웠
고, 그의 아들과 손자는 남명의 문인이 되거나 재전제
자가 되어 남명학파의 학맥을 계승하는 데에 중요한
역할을 담당하였다.

　남명은 운금정 하희서의 죽음을 애도하며 지은
「만하희서挽河希瑞」에서, "골짜기를 차지한 호랑이는
하나라도 적은 게 아니고, 뜰에 빼어난 난초 무성하여
셋이나 되는구나[當谷於菟非一少 秀庭蘭苗是三多]"라고 하
였다. 호랑이는 운금정의 아들 하면河沔(1537~1580)을

만하희서

가리키고, 난초는 손자들인 송정과 그의 두 아우를 말한다. 남명은 운금정의 아들과 손자들이 훌륭한 인재임을 칭송하여 그의 집안이 대를 이어 가학을 전수할 수 있으리라 기대한 것이다.

풍월헌 하인서는 두 명의 아들이 있었는데, 환성재 하락과 각재 하항이다. 환성재는 1556년 27세 되던 해에 각재와 함께 남명에게 나아가 배웠다. 그는 남명의 가르침을 통해 격물치치格物致知 및 성의誠意와 정심正心에 바탕하여 효제충신孝悌忠信을 힘써 실천하는 것으로써 학문적 목표를 확립하였다. 임진왜란이 일어났을 때 나라를 위해 목숨을 버린 환성재의 거룩한 충절은 그 자신이 평소에 가지고 있었던 학문적 목표가 하나의 사건을 통해 구체적으로 실현된 것이다.

각재는 남명의 실천적 학문성향을 계승하여 일생토록 실천하고자 노력했던 인물이다. 당시 사람들은 각재를 칭송하여, "닭이 울면 일어나 세수하고 머리 빗으며' 등의 말은 책 속에서나 보이는 말이고 실제로 행하는 사람은 보지 못했다. 그런데 각재는 이것을 모두 실천하니 참으로 소학군자小學君子이다."라고 하

세찬 바람 속 푸른 소나무, 송정 하수일

였다.

또한 그는 집안에 '뇌룡雷龍' 그림을 걸어 두고, 벽에는 '백물기百勿旗'와 '삼자부三字符'라는 쌍액雙額을 써서 붙여놓고서, 남명의 수양법을 본받아 힘써 행하려고 노력하였다. 이와 같은 학문과 실천을 견지한 각재에 대해, 남명은 '눈 속에 핀 매화'라는 말로 그의 인품을 표현하였으며, 수우당은 '모래사장 위의 백로'라는 말로 흠모의 마음을 드러내었다.

각재는 남명학의 요체를 체득하여 송정에게 전수하였으며, 송정의 학문적 핵심은 다시 겸재 하홍도에게 전해졌다. 이와 같이 전수된 남명학의 요체가 무엇이었는가에 관해서는 겸재가 기록한 「기송정선생어記松亭先生語」에서 분명하게 파악할 수 있다.

내가 예전에 수곡정사에서 송정 선생을 배알하고서 뫼시고 유숙한 적이 있었다. 닭이 울자 여러 제자들을 깨워 다음과 같이 자상하게 말씀해주셨다. "맹자께서 '닭이 울면 일어나서 부지런히 선을 행하는 자는 순舜의 무리이고, 부지런히 이익을 도모하는 자는 척跖의 무리이다.' 라고 말씀하셨다. 우리 남명 선생께서 그 뜻을 깊이 터득하고 요순의 도를 즐겨서, 의가 아니면 조금이라도 남에게 주지도 않고 받지도 않으셨으니, 사리私利를 도모하는 탐욕의 근원을 뽑아 막으시려는 것이었다. 비단 공로와 이익에 있어서만 그렇게 하신 것이 아니라, 사소한 마음가

짐과 행실에 있어서도 그렇게 하시지 않은 것이 없었다. (결) 추호秋毫를 분석하는 데에까지 이르셨다.

그러므로 나의 벗 오장吳長이 말하기를 '의리義利와 공사公私를 분별한 것은 남헌南軒 장식張栻이 맹자에게 공로가 있다.' 라고 하였으니, 남헌을 통해 남명을 비유한 말이었다. 우리 각재 숙부께서 친히 수업을 받아 그 도를 들으셨다. 알지 못한 경우라면 어쩔 수 없었겠지만, 알았다면 이익을 가까이 한 적이 없으셨다. 깨끗한 행실과 꿋꿋한 절개는 듣는 사람들로 하여금 공경심을 일으키게 했다. 그래서 일찍이 말씀하시기를, '품 안의 명월明月은 당우唐虞로부터 전해진 것' 이라고 하셨다.

나 같이 불초한 사람도 어릴 적부터 감화를 입어 비록 배워서 체득했다고 말할 수는 없지만, 전해 받은 것을 마음에 새겨 죽을 때까지 잊을 수 없다. 너희들이 나의 문하에 나아왔으니, 막대한 임무를 책임질 수는 없다고 하더라도 대대로 내려져 온 학문을 이어받아 거칠게나마 선과 이익을 구분할 줄은 알 것이다. 산을 오르는 것처럼 힘써 노력하여 불의를 행하는 데에 빠져 너희를 낳아주신 조상을 욕되게 하지 않도록 삼가 하거라." 라고 하셨다.

송정은 남명학의 요체에 대해, 선과 이익을 엄밀하게 분별하고 선을 행하기 위해 힘을 다하며, 이익을 도모하는 탐욕을 철저하게 제거하는 것이라고 이해하였다. 그는 이러한 면모를 구체적으로 보여주는 실례로,

남명이 의가 아니면 조금도 남에게 주지도 않고 받지
도 않았을 뿐만 아니라, 사소한 마음 가짐과 행실에 있
어서도 철저하게 선과 이익을 분별하여 선을 추구하
고 이익을 끊은 사실을 말하였다.

그리고 각재에 대해서는 남명의 학문을 계승하여
이익을 가까이 한 적이 없었고, 깨끗한 행실과 꿋꿋한
절개로써 다른 사람의 존경을 받았다는 것을 말하였
다. 또한 각재가 「남명조선생명南冥曺先生銘」에서 '품
안의 명월은 당우로부터 전해진 것[袖中明月 傳自唐虞]'
이라고 표현한 말은 남명의 학문이야말로 요순으로부
터 전해진 유가 도통을 계승한 것이며, 아울러 각재 스

산천재 : 남명 조식이 만년에 강학하던 곳

스로도 그와 같은 남명학의 정맥正脈을 전수받은 사실
을 밝힌 것이다.

송정은 남명이 이룩하고 각재가 계승한 학문적 요
체를 이와 같이 이해했다. 그리하여 스스로도 그것을
실천하기 위해 노력하였으며, 제자들에게도 힘써 노
력하여 이어나가기를 당부하였다. 그런데 여기에서
한 가지 짚어볼 문제가 있다. 송정은 남명학의 핵심을
선과 사리私利의 분별 및 실천이라고 말했다. 왜 선과
악이라고 말하지 않고, 선과 사리라고 표현했을까? 개
인적 이익[私利]은 악과 대체될 만한 것일까?

송정은 남명이 추구한 학문과 실천의 연원을 '닭
이 울면 일어나서 부지런히 선을 행하는 자는 순舜의
무리이고, 부지런히 이익을 도모하는 자는 척跖의 무
리이다.'라고 말한 맹자의 말에서 찾았다. 맹자는 당
시 전국시대戰國時代의 나라들이 각축을 벌이며 오로
지 자국의 이익만을 추구하는 상황을 타개할 수 있는
방법으로, 인의仁義를 내세웠다. 그런데 맹자의 사상
을 자세히 살펴보면, 인仁과 의義 가운데 특히 의에 더
비중을 두고 있다. 그리고 그 의는 사회적 실천성을 담
보하고 있는 것이다. 공자의 사상이 개인적 관계에서
의 '인仁'에 바탕하고 있는 것에 비해, 맹자의 사상은
사회적 관계에서의 '의義'를 보다 중시한 것이다.

이러한 맥락에 근거해 본다면, 남명학의 핵심인
'선 ↔ 사리'의 분별과 실천은 사회적 실현을 전제한

것이라고 할 수 있다. 선은 사회적 선이며 사리는 개인
적 이익이다. 남명학이 추구하는 엄격한 시비是非 분
별과 철저한 자기 수양은 궁극적으로 사회적 정의를
실현하는 것을 지향한다. 그리고 사회적 정의의 실현
을 방해하는 가장 근본적인 원인은 자신의 이익만을
추구하는 이기적 욕심이라고 파악한 것이다.

　남명은 산림에 은거하여 벼슬에 나아가지는 않았
지만, 항상 나라를 걱정하고 백성의 어려움을 마음 아
파하였다. 그의 정신을 계승한 제자들은 임진왜란이
일어나자 의병을 일으켜 나라를 구하였다. 결국 남명
학의 '경의敬義'는 개인적 수양인 경敬과 사회적 실천

덕천서원 : 남명 조식을 모신 서원

인 의義를 균형 있게 추구하고자 한 것이다.

송정은 남명의 학문과 정신적 경지에 대해 흠모하는 마음이 매우 컸다. 「소백산小白山」이라는 시를 통해 이 점을 확인할 수 있다.

소백산 높이 솟아 형세 절로 웅장하니,	小白山高勢自雄
구름 많아 비 많고 바람도 많네.	多雲多雨又多風
남쪽 예순 고을의 맑고 신령한 기운,	南州六十淸靈氣
모두 천왕봉과 함께 하늘에 닿았네.	竝與天王薄太空
소백산에 거하신 분 소백산보다 높고,	小白居人高小白
천왕봉에 노니신 분 천왕봉보다 크네.	天王遊子大天王
한 마디 말이 그 사이를 가렸으나,	一言亦有中間蔽
곧바로 지도 보며 신중히 생각할 일!	直把輿圖仔細量

송정은 퇴계와 남명을 그들이 거주한 지역의 산을 통해 대비하고 있다. 첫째 수에서는 소백산이 웅장한 기세로 높이 솟아 있으므로, 구름ㆍ비ㆍ바람이 많다고 묘사하였다. 지리산 천왕봉은 경상도의 60여 고을의 맑고 신령한 기운이 서려 있는 곳으로, 하늘 가까이에 닿아 있을 정도로 우뚝하다고 표현하였다.

이 시는 1597년에 지은 것인데, 영천ㆍ안동 등지로 피난살이를 다니는 때였다. 경상좌도에서 피난살이를 하며 곤궁한 처지에 있었음에도 불구하고, 남명이 그

지역 사람들이 존숭하는 퇴계에 못지않게 우뚝한 기
상과 탁월한 학문을 가진 분이라는 것을 소백산과 천
왕봉이라는 비유를 통해 상징적으로 드러내었다. 송
정이 퇴계학의 본거지에 우거하고 있으면서도 이처럼
당당할 수 있었던 까닭은 자신이 남명학파에 속한 학
자인 것에 대해 대단한 자부심을 가졌기 때문이다.

　둘째 수에서는 소백산보다 높은 퇴계와 천왕봉보
다 큰 남명이라는 말로 두 학자를 묘사하였다. 그런 다
음 이처럼 위대한 두 학자 사이에 잘못된 말로 인해 틈
이 생긴 것을 안타까워 하고, 지도에서 소백산과 지리
산이 함께 우뚝한 것을 볼 수 있듯이 퇴계와 남명에 대
해 우열을 따지거나 포폄을 가해서는 안 된다고 설파
하였다.

　송정은 남명을 존모하는 마음이 지극하였을 뿐만
아니라, 퇴계에 대해서도 존경하는 마음이 대단하였

다. 그는 1598년 월천月川 조목趙穆(1524~1606)을 찾아가 뵙고 함께 도산서원陶山書院에 가서 배알하였다. 그리고 그 날 밤 같이 암서헌巖棲軒에서 묵었는데, 송정은 두 분의 관계에 대해 "남명은 경상우도의 봉성鳳城에서, 퇴계는 경상좌도의 예안禮安에서, 일월처럼 도학을 환히 밝혔습니다. …… 두 선생의 정신적 교유[神交]와 마음의 합함[心契]을 어찌 다른 사람들이 헤아릴 수 있겠습니까?"라고 하였다. 이처럼 그는 남명과 퇴계 두 분을 모두 깊이 존모하였으며, 후학들이 두 분 사이를 그릇되게 인식하여 왜곡하는 것에 대해 비판하였다.

앞에서 보았듯이, 송정의 학문적 연원은 가학家學을 전수받은 것임과 동시에 남명학파의 학맥을 계승한 것이다. 송정에게 지대한 영향을 끼친 각재가 집안의 종숙부이면서 학문적 스승이라는 점만 보아도 분명하게 알 수 있다. 또한 그러한 사실은 송정의 후손들에게도 뚜렷하게 나타난다.

송정은 첫째 부인 파평윤씨와 사별하고 나서 7년 뒤에 참봉 손천뢰孫天賚의 딸 밀양손씨密陽孫氏에게 재취再娶하여 3남 3녀를 낳았다. 장남 하완河琓의 계열에서는 하이태河以泰・하정현河正賢・하봉운河鳳運・하재후河載厚 등이 덕천서원의 원임院任을 역임했다. 둘째 아들 하찬河瓚의 계열에서는 하세귀河世龜・하정중河正中・하치중河致中・하언철河彦哲・하제현河濟賢 등

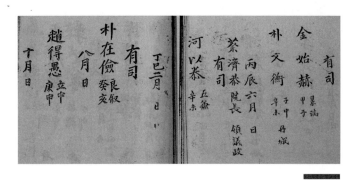

덕천서원 원임록

이 덕천서원의 원임을 역임했다. 그리고 셋째 아들 하
관河瓘의 계열에서는 하세보河世溥·하우태河禹泰 등이
덕천서원의 원임을 역임했다.

이처럼 송정의 후손들은 덕천서원의 원임을 대대
로 역임하였으니, 송정의 집안이 남명학파의 중심적
인 역할을 담당하였다고 해도 과언이 아니다. 그리고
송정의 집안에서 문집을 남긴 사람은 모두 22명이다.
환성재·각재·송정 등으로부터 시작하여 조선후기
회봉 하겸진에 이르기까지 학문적 전통이 면면히 이
어져 성대한 문파를 형성하였다.

또한 송정의 학문은 안계安溪에 살던 사직공파의
겸재 하홍도에게 전수되었다. 겸재는 '남명 이후 거론
할 만한 오직 한 사람[世稱南冥後一人]'이라는 대단한 칭
송을 받을 만큼 남명학파의 학맥에 있어 중요한 위치
에 있는 인물이다.

겸재의 학문은 설창雪牕 하철河澈(1635~1704)과 삼함
재三緘齋 김명겸金命兼(1635~1689)을 거쳐 주담珠潭 김성

겸재 하홍도 유적비 : 하동군 옥종면 안계마을 입구에 있는 유적비

지명당 하세응, 니계 박래오, 사연 하치중 등의 시판 : 모한재에 걸려 있는 시판

세찬 바람 속 푸른 소나무, 송정 하수일

태와 하필청 시판 : 모한재에 걸려 있는 시판

운 金聖運(1673~1730)과 지명당知命堂 하세응河世應
(1671~1727)에게 이어졌다. 지명당의 학문은 태와台窩
하필청河必清(1701~1758)에게 전수되어 남고南皐 이지용
李志容(1753~1831), 월포月浦 이우빈李佑贇(1792~1855) 등
을 거쳐 회봉 하겸진에게로까지 전해졌다.

가학의 전수와 남명학의 계승

제2장

선악을 분별하여
힘을 다해 실천하라

　송정의 학문적 특징을 요약해서 말한다면, 치지致
知와 역행力行이라고 할 수 있다. 치지는『대학』에 나
오는 말로, 자신의 앎을 극진한 데에까지 이르게 하는
것이다. 이 때의 앎이란 단순히 지식을 습득한다는 뜻
이 아니라, 도덕적 판단 능력을 가진다는 의미이다. 따
라서 치지는 무엇이 옳고 그르며 무엇이 선하고 악한
가를 엄밀하게 분별하는 공부이며, 역행은 선한 일을
힘써 행하고 악한 일을 철저하게 제거하는 실천이다.

　송정의 막내 동생 하경휘가 길이가 한 자쯤 되는
연석硯石을 톱으로 잘라 사포질을 해서 매끄럽게 만들
고 밀랍을 칠해 윤기가 나게 했는데, 그 돌이 옻칠을
한 듯 반들반들하였다. 하경휘가 이 돌을 유시현柳時見
이라는 사람에게 보이며 "이 물건이 무엇일 것 같습니
까?"라고 묻자, 그는 한참 동안 살펴 본 후에 "이것은

柙玉佩遊詠高壇之上永配斯文之光則豈與手植之
义流芳於無窮矣其材之大成豈止於今日乎吁吾感
冐之得其養而不得其所也既而作老杏說以寓反覆
義云

柳木說

零命其嘗斬硯石沙之以爲淸其長尺如鐵以爲文
其莞漆如乃問之於柳君時見曰若知此爲何物乎柳君
良久視之曰此木也李旁大笑盖笑其以石爲木也余曰
噫以石爲木非柳君罪也乃知不明也夫木石之不相似
雖三尺童子可以立辨矣而所知者不明則或有知柳君

유목설

나무입니다."라고 대답하였다. 그러자 하경휘는 크게 웃었다고 한다.

송정은 이 이야기를 듣고는 「유목설柳木說」이라는 작품을 지어 치지의 중요성을 다음과 같이 설파하였다.

내가 말하기를, "아! 돌을 나무라고 생각한 것은 유군의 잘못이 아니다. 앎이 분명하지 못했기 때문이다. 나무와 돌은 서로 비슷하지 않기에 삼척동자라도 금방 구별할 수 있다. 그런데 앎이 분명하지 못하면, 혹 유군과 같이 될 수 있다. 이러한 점을 유추해 본다면, 의리義理의 미묘한 것을 쉽게 말할 수 있겠는가.

양주楊朱는 '오로지 자신만을 위해 사는 것[爲我]'을 의義라고 생각했고, 묵적墨翟은 '모든 사람을 똑같이 사랑하는 것[兼愛]'을 인仁이라 여겼으며, 고자告子는 기류杞柳와 단수湍水를 본성이라고 이해하였다. 이들이 잘못 생각한 것이 어찌 다른 이유가 있겠는가. 알지 못함이 심하여 이와 같은 것이다. 아, 알지 못함으로 인한 잘못이 끝내 부모도 없고 임금도 없는 지경에 이르게 하며, 천하 사람들을 이끌고서 인의仁義를 해치는 데에까지 이르게 한다. 그

세찬 바람 속 푸른 소나무, 송정 하수일

재앙이 어찌 단지 나무와 돌을 혼동하는 것에 그치랴.

사람은 만물 중에서 지식知識이 가장 뛰어나다. 이런 까닭으로 증자曾子는 『대학』의 팔조목八條目을 논할 때, 치지致知를 성의誠意와 정심正心의 앞에 두었다. 자사子思는 『중용』의 삼달덕三達德을 말할 적에, 인仁과 용勇을 지知의 뒤에 놓았다.

그렇다면 학자의 첫째 되는 공부가 어찌 궁리窮理에서 벗어나겠는가. 진실로 배우는 사람에게 자신의 사욕을 극복하고 선을 분명히 알게 하여 말끔히 인욕人欲이 사라지고 널리 천리天理가 유행하여 마음 속이 밝은 해처럼 환하게 되고 깨끗한 거울처럼 밝게 한다면, 천하의 어떤 형상과 색채를 가진 것이나 아름답고 추한 것일지라도 형체를 숨기고 실체를 감출 수 있는 것이 하나도 없을 것이다.

옳은 것을 옳다고 알며, 그른 것을 그르다고 알며, 선한 것을 선하다고 알며, 악한 것을 악하다고 안다면, 하물며 나무와 돌에 있어서 모를 리가 있으랴. 그렇지 않다면, 나의 앎이 모두 유군이 나무라고 생각한 것과 같으리라. 남들에게 비웃음을 사는 것도 겨를이 없는데, 어느 겨를에 남을 비웃을 수 있겠는가."라고 하였다. 이미 이런 말로써 동생에게 고하였고, 또한 이것으로써 스스로 경계를 삼는다.

양주楊朱는 만약 자신의 머리카락 하나를 뽑아 내어주면 천하를 구할 수 있다고 해도 하지 않겠다고 말

선악을 분별하여 힘을 다해 실천하라

한 사람이다. 그는 오로지 자신만을 위해 사는 것이 '의義'라고 생각했다. 이와 반대로 묵적墨翟은 온 몸이 닳아 없어진다고 하더라도 다른 사람들을 위해 자신을 헌신한 인물이다. 그래서 그는 자신의 부모와 형제와 남의 부모와 형제에 관계없이 모든 사람을 똑같이 사랑하는 것을 '인仁'이라고 여겼다. 고자告子는 본능적 욕구를 본성이라고 인식하여 성선설을 주장한 맹자와 논변을 벌였던 인물이다. 맹자는 그에 대해 천하 사람들을 이끌고서 인의仁義를 해치는 데에까지 이르게 하는 사람이라고 신랄하게 비판하였다.

송정은 이 세 사람이 이와 같이 잘못된 생각을 가진 까닭은 알지 못함이 매우 심했기 때문이라고 인식했다. 또한 『대학』의 팔조목 가운데 치지가 성의誠意와 정심正心보다 앞에 있으며, 『중용』에서 삼달덕三達德을 말할 적에 인仁과 용勇이 지知보다 뒤에 놓인 사실을 거론하였다. 그리하여 앎의 부족이 얼마나 심각한 결과를 초래하는 지에 대해 경계하고, 학자의 첫째 되는 공부는 사물의 이치를 궁구하는 것이라고 강조하였다.

봉성도중

세찬 바람 속 푸른 소나무, 송정 하수일

송정은 사람이 길을 가는 것을 통해서도 치지의 중
요함에 대해 깨우쳤다.

봉성 가는 길은 내가 알고 있으니,　　　　　　鳳城行路我知之
갈림길에 이르러도 의혹하지 않네.　　　　　　行到柒頭我不疑
진실로 만사가 이와 같음을 알겠으니,　　　　　信知萬事皆如此
선현께서 치지를 귀하게 여긴 까닭이네.　　　　所以先民貴致知

이 시의 제목은 「봉성도중鳳城途中」인데, 봉성鳳城
은 합천의 옛 이름이다. 그는 봉성으로 가는 길을 환히
알고 있었으므로 갈림길에서 어디로 가야할 지 주저
하지 않는 자신의 모습을 보면서, 사람이 궁리를 통해
치지를 이룰 수 있게 된다면 자신에게 일어나는 모든
일들을 분명하게 통찰하여 확고하게 대처할 수 있다
고 깨달은 것이다.

「학원어사부學原於思賦」도 역시 치지의 중요함에
대해 역설한 작품이다. 내용이 길기 때문에 그 중 일부
분만 인용하면 다음과 같다.

그러므로 군자는 요체를 아나니,　　　　　　　肆君子之知要
학문을 함에 생각을 신중히 하네.　　　　　　　愼厥思於爲學
처음엔 오로지 외우고 익히다가,　　　　　　　始專專於講習
마침내 이치의 궁구에 몰두하네.　　　　　　　終汲汲於窮格
터득하지 못했다면 그만두지 않음을 기약하고,　期不措於不得

선악을 분별하여 힘을 다해 실천하라

돌이켜 자신에게서 절실한 것을 힘써 구하네.	務反身而切求
사물이 미세하다고 어찌 궁구할 수 없으랴,	物何微而不格
이치가 은미하다고 어찌 밝힐 수 없으랴.	理何隱而不抽
큰 것으로는 천지의 열림과 닫힘이며,	大而天地之闔闢
깊은 것으로는 귀신의 오고 감이네.	幽而鬼神之屈伸
멀게는 군신 사이의 의로움이며,	遠而君臣之有義
가깝게는 부자 사이의 친함이네.	近而父子之有親
진실로 정밀하거나 거칠거나 간에,	諒靡精而靡粗
모두 살펴보고 생각해야 하네.	咸是究而是圖
가는 곳에 따라 정밀히 연구하고,	隨所適而精硏
다급한 순간에도 바꾸어선 안 되네.	處顚沛而罔渝
사려에서 공부가 극진하다면,	功旣盡於慮而
터득함에 어찌 효과가 없겠는가.	效何失於能得
환하게 온갖 이치에 밝다면,	烱萬理之昭明
보이는 것마다 명료하게 꿰뚫으리.	欠全牛於目觸
좌우에서 취하여도 근원을 만나고,	取左右而逢原
원천에서 흘러내려 넓고 아득하리.	若泉達之溥博
이것이 곧 학문이 근원을 얻은 것이니,	是謂學得其原兮
오래되면 본성을 회복할 수 있으리라.	久厥初之可復

송정은 학문의 요체는 생각을 신중히 하는 것이라고 하였다. 여기에서의 생각이란, 치지와 긴밀히 연관되어 있는 것이다. 생각이 없다면 궁리를 할 수 없고, 궁리가 이루어지지 않으면 치지에 이를 수 없다. 그리

세찬 바람 속 푸른 소나무, 송정 하수일

고 치지에 이르게 되면, 생각은 더욱 명료하고 확고하게 된다. 결국 생각은 치지를 가능하게 하는 방법이 되기도 하고, 치지의 정도에 따라 넓이와 깊이가 달라지는 결과이기도 하다. 따라서 송정이 말하는 생각이란, 치지에 이르는 공부의 과정과 결과로서 얻게 된 공부의 효과를 포괄한 뜻이라고 볼 수 있다.

학원어사부

초학의 과정에서는 단순히 외우고 익히는 수동적인 학습 방법으로 공부를 하지만, 학문이 성숙한 단계에 이르게 되면 모든 만물 속에 내재하고 있는 이치를 통찰하여 꿰뚫어 보는 자득自得의 묘미를 얻게 된다. 송정은 이러한 수준에까지 이르기 위해서는 도중에 포기하지 않고 끝까지 추구하는 성誠의 자세를 견지해야 하며, 고원한 것에서 찾으려 하지 말고 가까이 절실한 것으로부터 힘써야 한다고 하였다.

궁구의 대상으로 삼는 것은 천지의 시작과 끝에 관한 일, 귀신이 왕래하는 일, 군신 사이의 의로움, 부자 간의 친밀함 등등 사람으로서 지켜야 하는 윤리로부터 우주적 차원의 거대하고 신묘한 일에 이르기까지 미세하고 거대한 일들 모두이다. 그리하여 어느 곳을 가든지 그 상황에 따라 정밀히 연구해야 하며, 다급하고 어려운 순간에조차 그와 같은 자세를 잃지 말고 굳건히 견지해야 한다고 하였다.

이처럼 생각의 공부가 극진한 단계에 이르게 된다면, 스스로 터득할 수 있는 자득의 효과를 얻게 된다. 그리고 온갖 이치에 환하게 밝아진다면, 사물 속에 내재하고 있는 이치를 꿰뚫어 볼 수 있는 통찰의 안목을 가지게 된다. 이것은 마치 포정庖丁이라는 사람이 소를 잡는 일에 능수능란하여 그의 눈에는 소의 뼈와 살이 나뉘는 틈새가 환하게 보여 자유자재로 칼을 놀려 소를 해체한 것처럼, 어떠한 사물이나 사건을 만나더라도 그것에 담긴 본질적인 측면을 명료하게 분별할 수 있는 것이다.

이러한 경지는 오랫동안 쌓아온 생각의 힘이 만들어낸 효과이며, 치지가 높은 경지에까지 올랐을 때 얻어지는 결과이다. 그리하여 좌우의 비근한 곳에서도 심오한 근원을 깨달아 터득하게 되며, 원천源泉에서 끊임없이 솟아나는 물이 점점 넓어지고 깊어져 거대한 강물을 이루듯이 학문의 폭과 깊이도 심원하게 된다. 송정은 이것이 바로 학문이 근원을 얻은 것이라고 인식했다. 그리고 그것의 궁극적 목표는 자신의 내면 속에 보존되어 있는 선한 본성을 하늘이 주신 처음의 모

습 그대로 온전하게 회복하는 것이라고 하였다. 요컨
대 송정은 생각이란 학문을 함에 있어 근원적 토대가
되며, 그것이 추구하는 목표는 선한 본성을 온전하게
회복한 성인聖人이 되는 데에 있다고 이해한 것이다.

송정이 치지를 매우 중요하게 인식한 까닭은 선악
과 시비에 대한 명확한 분별이 전제되지 않고는 올바
른 실천이 불가능하기 때문이다. 치지는 실천의 전제
가 되며 실천은 치지의 실현이다. 따라서 치지와 실천
은 새의 두 날개처럼 하나만으로는 존립이 불가능한
것이다.

아래의 「시비음是非吟」은 이와 같은 맥락 속에서 이
해할 때 그 속에 담긴 뜻이 심장하게 다가온다.

옳은 말은 옳은 행실보다 못하며,　　　　言是不如行是是

자신의 그릇됨이 남의 그릇됨보다 심각하네.　己非尤甚彼非非

자신을 향해 힘써 그릇됨을 제거하며,　　　去非務向己非去

옳음은 마땅히 행실이 옳아야 하네.　　　　爲是當從行是爲

옳은 말을 할 수 있는 것은 선악과 시비에 대해 알
기 때문에 가능하다. 치지는 어느 정도 이루어졌다고
볼 수 있다. 하지만 앎이란 실천을 통해 실현할 수 있
을 때 참된 것으로 완성된다. 그렇기에 송정은 옳은 말
을 하는 것보다 행실을 옳게 하는 것이 더 훌륭한 것이
라고 하였다. 그리고 선악과 시비에 대한 분별은 자신

에게 돌이켜 철저하게 살펴야 한다고 했다. 무엇이 올바른 것인가를 알았다면 몸소 실천을 해야 하는데, 그 실천의 최우선이 되는 대상은 바로 자신이다. 스스로 올바르지 않으면서 다른 사람을 올바르게 세워준다는 것은 말이 되지 않는다.

결론적으로 말하자면, 송정은 치지를 통해 실천의 토대를 확립하였으며, 실천에 의해 치지의 공부를 완성하였다. 그리고 실천의 과정에서 가장 우선적이고 본질적인 것은 자신을 엄밀하게 성찰하여 올바르게 세우는 위기지학爲己之學이었다. 남명의 학문적 특징은 명선明善과 성신誠身이라는 말로 집약할 수 있는데, 송정이 중시한 치지와 역행의 학문 방법은 남명을 계승한 것임을 분명하게 알 수 있다.

제3장

아름다운 덕행이 문학으로 표현되다

송정은 자신이 지은 시문을 모아 '송정세과松亭歲課'라는 책으로 묶었는데, 세과는 매년마다 지은 시문을 모으겠다는 뜻으로 이름을 붙인 것이다. 송정 사후에 후손들이 『송정집』을 간행할 때에도 『송정세과』를 토대로 삼아 그 외 다른 유문을 보충하여 편찬하였다.

1598년에 송정은 영천군수로 재직하고 있던 매월당 이유함을 찾아가 수개월 동안 의탁하며 피난살이를 한 적이 있었다. 영천에 사는 감곡鑑谷 이여빈李汝馪(1556~1631)이 송정을 찾아와 오랫동안 이야기를 나누었는데, 그 때 『송정세과』 3권을 꺼내 보여주었다. 감곡은 그 자리에

송정세과서

書松亭歲課後

玉之美者不待人之稱譽而其美自在珠之珍者亦不待
人之嘉歎而其珍自貴何者非不敢稱歎也稱歎之無以
加也然而為珠玉者雖不待人之稱而觀珠玉者不敢
已其稱歎乃人之情而慕善之意也余觀河松亭歲課
若之即玉之美者珠之珍者其詩質而文其文簡而古
至之溫潤而栗然珠之無價而連城者也然則松亭之詩
文雖不待吾言之稱美而吾之稱歎其詩文則不能自
已也余與松亭同道人也有火聞其名韓甚然而後居子
晉余家于崇東西路道左右道人會宗得一接其為人而

서송정세과후

서 펼쳐보고 구경하였을 뿐만 아니라, 집에 가져가 서너 번 반복해서 읽었다. 그런 다음 「서송정세과후書松亭歲課後」라는 발문을 지어 『송정세과』를 돌려주면서 함께 증정했는데, 지은 때는 1598년 9월 하순이다. 그 중의 일부분만 살펴보기로 한다.

　아름다운 옥은 사람들의 칭송을 기다리지 않더라도 그 아름다움이 저절로 드러나며, 진귀한 진주도 사람들의 칭찬을 기다리지 않더라도 그 진귀함이 저절로 귀하다. 무엇 때문인가? 감히 칭송할 수 없는 것이 아니라, 칭송을 하더라도 더해지는 것이 없기 때문이다. 그리하여 진주와 옥은 사람들의 칭송을 기다리지 않지만, 진주와 옥을 본 사람들이 감히 칭송을 그칠 수 없으니, 곧 인지상정人之常情으로서 좋은 것을 흠모할 수 밖에 없는 것이다.

　내가 하송정의 『송정세과松亭歲課』에 실린 시문을 살펴보니, 아름다운 옥이며 진귀한 진주였다. 그 시는 질박하면서도 문채가 나고, 그 문장은 간결하고 고풍스러웠다. 이것은 옥이 온화하고 윤기가 있으면서도 서늘하며, 진주가 정해진 값이 없지만 여러 개의 성과도 바꿀 수 있는 것과 같다. 이처럼 송정의 시문은 나의 칭송을 기다리지 않아도 본래 아름답고 진귀한 것이다. 그런데 내가 그

의 시문을 칭찬하는 까닭은 스스로 그칠 수 없기 때문이
다.

　감곡 이여빈은 1605년 문과에 급제하여 벽사도찰
방碧沙道察訪에 제수되었으나, 당시의 정국을 부정적으
로 인식하여 벼슬을 단념하고 1년 만에 영천 감곡으로
돌아와 학문과 강학에 힘을 쏟은 청아한 선비였다.
　송정은 1597년 가을에 가족을 데리고 경북 지역으
로 피난을 갔는데, 1598년 가을에는 이유함이 거주하
고 있던 영천 수식촌水息村으로 옮겨와 살았다. 이 해
가을에 감곡은 예전부터 명성만 듣고 만날 기회가 없
었던 송정을 비로소 찾아와 만나게 되었다.
　그런데 이 만남에서 재미있는 사건이 발생하였으
니, 두 편의 시를 통해 그 전말을 짐작해 볼 수 있다.
송정은 「사이상사덕훈내방謝李上舍德薰汝馪來訪」이라는
시를 지어 감곡에게 보내면서, "서리 내린 외로운 마
을 사립문 닫힌 집에, 술 한병 가지고 찾아오니 난리
속의 따뜻한 인정이네. 문득 취해 술잔 앞에 엎어졌는
데, 손님은 돌아가고 산 속의 해 기우는 줄도 몰랐네[霜
落孤村獨掩荊　一壺來訪亂離情　須臾醉著盃前倒　客去不知山日
傾]"라고 하였다.
　술 한병을 가지고 찾아온 감곡과 그를 기쁜 마음으
로 맞이하는 송정의 모습이 눈에 선하게 그려진다. 처
음 만나도 오래된 친구 같다는 옛이야기처럼, 두 사람

은 마음껏 술잔을 기울이고 정담을 나누며 오랜 시간을 보냈다. 그러다 보니 송정은 문득 취해 술잔 앞에 쓰러져 잠이 들었고, 감곡은 홀로 집으로 돌아갔다.

하지만 사건은 여기에서 끝나지 않았다. 송정은 자신의 시문을 모아둔 『송정세과』를 감곡에게 보여주었는데, 술에서 깨어 일어나 찾아보니 보이지 않았다. 그래서 그는 감곡이 가져간 것을 알게 되어 장난스러운 어조로 시를 지어 보내며 돌려주기를 청하였다. 송정은 그 시에서, "취한 사람의 작태에 어찌 웃음을 그칠 수 있으랴만, 집에 숨겨둔 물건 손님이 훔쳐간 줄도 몰랐네. 새벽에 일어나 시권을 찾아보았으나, 상자 속 호백구 이미 없어졌네[醉人人事笑那休 不識家藏被客偸 曉起欲題詩卷覓 篋中狐白已無裘]"라고 하였다. 그리하여 감곡은 『송정세과』를 돌려주며 앞에서 인용한 발문을 지어준 것이다.

송정의 시문을 흠모하고 감탄한 감곡의 진실어린 마음이 위의 인용문에서 잘 드러나 있다. 옥과 진주가 사람들의 칭송을 받지 않더라도 그 자체로 아름답고 귀한 것처럼, 송정의 시문은 자신이 칭찬하지 않더라도 본래 훌륭하다고 하였다. 그러나 자신이 칭송의 말을 할 수 밖에 없는 까닭은 좋은 것을 보면 저절로 감탄하고 칭찬하게 되는 것이 사람들의 일반적인 마음이 듯, 송정의 시문을 읽고서 자신도 모르게 칭송의 말을 그칠 수 없었다고 술회하였다.

감곡이 감탄한 송정의 시문은 과연 어떠한 내용이었을까? 감곡은 송정의 시문을 개괄하여 말하기를, "그가 서술한 것을 살펴보니, 모두 어버이를 그리워하고 아우를 생각하면서 지은 것이며, 시대를 근심하고 세속을 안타깝게 여긴 뜻이었다. 그리고 친구 간에 간절히 권면하는 내용, 의리義理의 깊고 은미한 뜻에 관한 것 등이 함께 수록되어 있었다. 글을 꾸미는 데에 얽매이지 않은 것 같은데도, 그 광채가 만 길이나 솟아오른다. 송정과 같은 이는 훌륭한 말을 세울 수 있는 자立言者]라고 말할 만하다."라고 하였다.

　　감곡의 이 발문은 송정이 생전에 편찬한 『송정세

송정종가 문회각 : 송정집 목판을 보관하고 있는 장판각

아름다운 덕행이 문학으로 표현되다

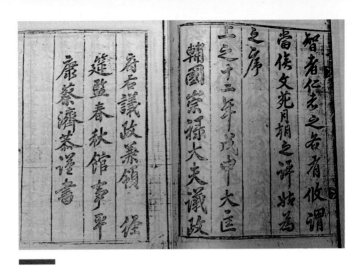

번암 채제공의 송정집 서문

과』에 대한 평가이다. 그럼 사후에 간행된『송정집』에
대한 평가는 어떠할까? 문집의 서문은 그 책이 담고
있는 내용과 의미에 대한 소개를 중심으로 서술된다.
『송정집』의 서문은 두 편이 있으니, 유재游齋 이현석李
玄錫(1647~1703)이 지은 것과 번암樊巖 채제공蔡濟恭
(1720~1799)이 지은 것이다. 그 중 번암이 지은 서문의
일부를 살펴보기로 한다.

　　각재覺齋공은 남명 조선생의 문하에 수학하여 직접 배
　운 것이 매우 엄밀하였으며, 겸재謙齋공은 산림에서 도를
　지켜 엄연히 미수眉叟 허문정공許文正公(許穆)과 벗하며
　존중을 받았다. 그런데 각재공에게 지결旨訣을 전수받았
　고 겸재공에게 사표師表가 된 분이 있으니, 바로 송정공이
　다.

송정공은 태평한 때 과거에 급제하였지만, 얼마 지나지 않아 세상이 자신을 써주지 않는다는 것을 알고는 물러나 남명의 유향이 남겨진 곳을 지켰다. 읽은 책은 성인과 현인의 글이었으며, 일삼은 것은 효제충신의 참된 공부였다. 상喪에 거할 적에는 고을 사람들이 감동하였으며, 일가의 친목을 도모할 때에는 친척들이 예의를 지키고 겸양하였다. 훌륭하지 않고서 어찌 이렇게 할 수 있겠는가. 시문은 단지 송정공의 아름다운 덕이 밖으로 나난 것일 뿐이며, 풍속을 교화하고 어리석음을 깨우쳐주는 일이 아니라면 한가로이 글을 짓는 경우가 없었다. 사림士林이 송정공의 시문을 보배로 삼은 까닭이 어찌 체재가 잘 갖추어진 아름다움 때문뿐이겠는가.

번암은 송정의 시문에 대해, '아름다운 덕이 밖으로 나타난 것' 이라는 말로 함축하여 표현했다. 아름다운 덕행의 실상으로, 성현의 글을 공부하고 효제충신의 참된 공부를 익혔으며, 예법을 실천하여 고을 사람들이 감화되고 일가의 친목을 도모하여 친척들이 교화된 일들을 적시하였다. 그러므로 번암은 사림이 송정의 시문을 보배로 삼은 까닭이 문학적 형식의 아름다움 뿐만이 아니라, 형식 속에 덕행의 실상과 진정이 고스란히 담겨져 표현되고 있기 때문이라고 평가하였다.

송정은 남명학파의 다른 인물에 비해, 문학에 대한

촉석루중수기 : 진주 촉석루에 걸려 있는 기문

덕천서원 세심정기 : 덕천서원 앞에 자리하고 있는 세심정에 걸려 있는 기문

세찬 바람 속 푸른 소나무, 송정 하수일

관심이 깊었고 좋은 글을 짓기 위해 많은 공부를 하였다. 그리하여 30세에 「단성향교성전중수기丹城鄉校聖殿重修記」를 지었고, 31세에 「덕산서원세심정기德山書院洗心亭記」·「수우당명守愚堂銘」·「촉석루중수기矗石樓重修記」 등을 맡아 지었다. 당시는 남명의 문인들이 거의 다 살아 있을 때였음에도 불구하고, 송정이 이러한 작품들을 맡아 지은 것은 그의 문학적 재능과 명망이 사람들로부터 인정을 받았기 때문에 가능한 것이었다.

번암은 송정이 당시 사람들로부터 문명文名을 얻게 된 이유가 내용적 실상을 형식적 수사가 잘 표현하였기 때문이라고 파악하였다. 그래서 그는 송정을 칭송하기를, "성대하도다! 송정공을 문인文人이라고 하겠는가? 시문은 다만 그 분의 학문을 담고 있을 뿐이니, 송정공을 문인이라고 표방할 수는 없다. 송정공을 문인이 아니라고 하겠는가? 송정공의 문장이 문명의 고을에서 우뚝하게 빼어났으며, 격조가 있어 대국大國의 아취를 지니고 있었다. 그리하여 세상에 전해질 만한 것이 이와 같으니, 지자知者와 인자仁者가 각기 칭찬하는 말이 있으리라."라고 하였다.

송정의 문학에 대한 번암의 평가를 요약하자면, '문질빈빈文質彬彬'이라는 말로 함축할 수 있다. 형식의 아름다움과 내용의 참됨이 적절하게 어우러져 조화를 이루고 있는 모습. 그것이 바로 송정의 문학 작품

이 가진 진정한 가치라고 파악한
것이다. 공자가 "덕이 있는 자는
반드시 말이 있다[有德者 必有言]"
라고 말했듯이, 송정의 시문은
아름다운 덕행이 문학이라는 수
사를 통해 더욱 아름답게 형상화
된 것이라고 번암은 이해하였다.

송정이 모범으로 삼은 문학가
는 누구이며, 어떠한 특성을 가
지고 있을까? 「이두한류시문평李
杜韓柳詩文評」이라는 글을 통해,
이 물음에 대한 분명한 답을 얻
을 수 있다.

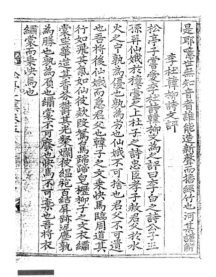

이두한류시문평

이백李白의 시는 공자公子와 왕손王孫이 누대 위에서
선녀를 희롱하는 격이다. 두자杜子(杜甫)의 시는 충신과
효자가 재앙 속에서 임금과 어버이를 구원하는 격이다.
어느 것이 우수하고 어느 것이 열등한가? 선녀도 놓아버
릴 수 없고, 임금과 어버이도 버릴 수 없다. 나는 장차 선
녀를 뒤로 하고, 임금과 어버이를 우선으로 할 것이다.

한자韓子(韓愈)의 문장은 빠른 말을 타고 넓은 길을 달
리는 격이다. 그 달림이 나는 듯하고, 그 기상이 신선 같
다. 저 느릿느릿 둔한 말은 마굿간에서 발을 움츠리고 있
을 것이다. 유자柳子의 문장은 찬란한 예복을 입고 화려한

세찬 바람 속 푸른 소나무, 송정 하수일

자리에 앉아 있는 격이다. 그 향기가 가득하고 그 빛이 눈부시다. 저 누더기 솜옷을 입은 사람은 진창에 자취를 감출 것이다. 누가 뛰어나고 누가 부족한가? 찬란한 옷도 버릴 수 없고 빠른 말도 포기할 수 없다. 나는 장차 찬란한 옷을 입고 빠른 말을 탈 것이다.

송정은 역대의 시인 가운데 이백과 두보를 높이 평가했다. 이백의 시는 공자公子와 왕손王孫이 누대 위에서 선녀를 희롱하는 격이며, 두보의 시는 충신과 효자가 재앙 속에서 임금과 어버이를 구원하는 격이라고 하였다. 두 사람 모두 독특하고 빼어난 문학적 성취와 품격을 지닌 시인으로 인식한 것이다. 그런데 송정은 두보를 우선으로 하고 이백을 뒤로 하겠다고 말함으로써, 두 사람 가운데 특히 두보를 더 중시하는 입장을 표명하였다. 송정의 이와 같은 문학적 성향은 개인적 기질에 연유한 점도 있겠지만, 그가 살았던 시대적 상황을 고려한다면 충분히 납득할 수 있다. 두보가 겪은 전쟁의 고통과 피난살이의 어려움, 나라에 대한 충정과 백성의 삶에 대한 연민 등등의 면모는 송정이 겪은 시대적 상황 및 개인적 처지와 너무나 닮아 있기 때문이다.

송정은 문장에 있어서는 한유와 유종원을 전범典範으로 삼았다. 한유의 문장은 빠른 말을 타고 넓은 길을 달리는 격이며, 유종원의 문장은 찬란한 예복을 입고 화려한 자리에 앉아 있는 격이라고 하였다. 그런데 시의 경우와는 달리, 문장에 있어서는 두 사람 가운데 한 사람을 더 우선으로 삼을 수 없었다. 그는 찬란한 옷을 입고 빠른 말을 탈 것이라고 말함으로써, 한유와 유종원이 가진 장점을 모두 배우고 싶다는 입장을 밝혔다.

송정이 이 두 사람을 왜 중시했는가에 대해서는 「답유창회答柳昌會」에 보이는 내용을 통해 이해할 수 있다. 그는 이 편지에서, "『춘추좌씨전春秋左氏傳』의 글은 너무 상고上古의 것이므로, 간략하고 심오하다. 송나라 이후로는 너무 하대下代의 것이기에, 시들하여 힘이 없다. 그 중간을 얻은 사람으로, 한유와 유종원 만한 이가 없다. 한유와 유종원의 글을 익숙하게 읽는다면, 고문도 잘 하고 금문도 잘 할 것이다. 천하의 문장 중에 이 두 사람보다 나은 것이 없을 것이다."라고 하였다. 송정은 한유와 유종원의 문장이야말로 상고의 문제점과 하대의 폐단이 없는 중용을 얻었다고 이해했다. 그래서 이 두 사람의 글을 익숙하게 배운다면, 금문과 고문을 모두 잘 할 수 있다고 생각하였다.

제4장

관찰을 통한 문학적 상상력, 성찰을 추구한 문학적 효용

    남명은 시가 사람의 마음을 황폐하게 한다는 이유로 '시황계詩荒戒'를 견지하였으며, 이 영향으로 인해 남명학파의 학자들은 문학에 대해 부정적 입장을 가져 작품 창작을 즐겨하지 않았다. 이러한 면모가 남명학파의 일반적인 성향이었는데, 오히려 송정은 문학에 많은 관심을 가지고 좋은 작품을 짓기 위해 노력을 기울였다. 남명의 학문과 사상을 계승하고 전파하는 데에 중요한 역할을 담당한 송정이 문학에 대해 이와 같은 입장을 가지는 것은 무슨 까닭일까? 문학에 대해서는 왜 남명학파의 성향과 다른 면모를 보였던 것일까?

    이에 관한 해답을 단순히 송정이 가진 개인적 성향이나 기질로 치부한다면, 그의 전반적인 학문 성향이나 수양 방법과 맥락이 닿지 않게 된다. 그렇다면 학문과 사상 등 전체적 면모와의 연관 속에서 송정의 문학을 어떻게 이해해야 할까? 그가 남긴 문학 작품을 통해 그 이유를 살펴보기로 한다.

다음의 시는 물을 관찰한 후 지은 작품으로, 제목은 「관수觀水」이다.

주변이 고요하면 물도 항상 고요하고,	境常靜處水常靜
바위가 고르지 않으면 물결도 요동치네.	石不平頭波不平
마음을 흐르는 물에 견주어 보니,	却把人心流水比
물정도 본래 인정과 같음을 알겠네.	物情元不異人情

관수

물은 비바람과 같은 주변의 상황에 따라 고요하기도 하고 물결이 일어나기도 한다. 그리고 흘러가다가 만나게 되는 조건에 따라 잔잔하기도 하고 요동치기도 한다. 연못처럼 정적인 상황에서는 주변에서 발생하는 형편에 따라 물의 상태가 달라지게 되며, 강물처럼 동적인 상황에서는 흘러가다가 만나는 조건에 의해 물의 모습이 바뀌게 된다.

송정은 물의 이러한 양상을 관찰한 후, 그 속에 담긴 의미와 이치를 통찰하였다. 그리고 그것을

세찬 바람 속 푸른 소나무, 송정 하수일

다시 자신에게 돌이켜 마음에 견주어 보았다. 물이 주변의 상황에 따라 상태가 달라지는 것처럼, 마음도 어떠한 환경에 의해 둘러싸여 있느냐에 따라 고요하거나 심란하다. 또한 물이 만나는 조건에 따라 모습이 바뀌는 것처럼, 마음도 어떤 사건에 직면하느냐에 따라 화평하기도 하고 격발하기도 한다.

그리하여 송정은 사물에 나타나는 참된 실상과 사람이 살아가는 진정한 이치는 원래 다르지 않다는 사실을 깨우쳤다. 좀 더 구체적으로 말하자면, 물이 어떤 상황이나 조건에 따라 그 모습이 바뀌듯이, 사람의 마음도 어떠한 상황이나 조건에 처하느냐에 따라 변모하게 되는 것이다.

공자孔子는 "붙잡으면 보존되고 놓아버리면 달아나니, 출입하는 것이 일정한 때가 없어 어디로 향하는지 알지 못하는 것은 오직 마음을 말하는구나."라고 하였다. 남명은 마음을 쉽게 굴러 다른 곳으로 잘 달아나는 수은에 비유하였다. 그리고 송정은 마음을 어떠한 상황이나 조건에 따라 수시로 변모하는 물의 모습에 견주었다.

이 시의 내용이 물의 속성을 통찰하여 마음을 이해하는 데에까지만 서술되어 있다. 그러나 마음의 특성을 이해하는 이유는 결국 마음을 올바르게 보존하기 위한 전제가 된다는 것을 생각할 때, 송정이 이 시를 통해 궁극적으로 추구하려 했던 것이 무엇인지 충분히 짐작할 수 있다.

　다음의 시는 송정이 사물의 관찰과 자신의 성찰을 긴밀하게 연관시켜 생각하는 까닭에 대해 단서를 제공한다.

만물이 하나의 근본에서 끝없이 생겨나니,	物物生生自一本
만약 그 근본이 없다면 생성되지 않으리.	若無其卽無成
원천이 있어 물이 끊임없이 흐르며,	泉有源來流不息
뿌리 없는 나무 잎이 자라지 않네.	木無根處葉難生
끊임없이 흐름은 본체의 원천 때문이며,	流不息泉須體已
잎이 자라지 않음은 나무의 근본 상했음이라.	葉難生木可傷情
사물 이치 사람 마음 동일한 일리一理이니,	物理人心同一理
사물을 밝히고 돌이켜 마음을 밝히는 이 누구랴.	誰能明物反人明

　이 시의 제목은 「관물觀物」이다. 송정은 세상에 존재하는 모든 만물은 하나의 근본에서 끊임없이 생겨나며, 그 근본이 없다면 어떤 사물도 생성되지 못한다고 이해하였다. 이것은 마치 끊임없이 솟아나는 원천이 있기에 강물이 유장하게 흘러갈 수 있으며, 나무에 뿌리가 없다면 잎이 자랄 수 없는 것과 같다고 비유하였다. 그리고 그 근본은 바로 일리一理라고 하였다. 그러므로 송정은 사물과 사람이 동일한 근본인 일리로부터 생겨나기 때문에, 사물에 내재된 이치와 사람의 내면에 간직된 마음이 동일하다고 이해했다. 재미있

는 사실은 그의 이름인 '수일受一'은 '일리를 받았다'는 뜻에서 지어진 것이며, 자字인 '태역太易'은 곧 태극太極과 같은 말로 '일리로서의 태극'을 가리킨다. 송정의 자와 이름에 「관물」에서 말한 내용이 이미 담겨 있는 것이다.

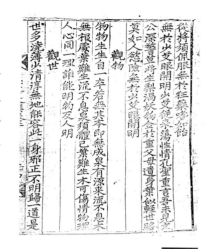

관물

송정의 이 말은 사물과 사람이 동일한 일리로부터 생성되며 그 속에 내재된 이치도 동일한 것이라는 '물아일리物我一理'의 사상에 근거한 것이다. 사물과 사람이 동일한 근본에서 태어나 똑같은 이치를 담지하고 있으니, 근원적인 측면에서는 구별이나 간격이 있을 수 없다. 따라서 이것을 다른 말로 표현하자면, 곧 '물아무간物我無間'이기도 하다. 물아일리와 물아무간은 표현은 다르지만, 그 의미는 서로 통하는 것이다.

송정이 이와 같은 이해에 기반하여 궁극적으로 지향한 목표는 사물의 이치를 밝히고 이를 통해 자신의 마음을 밝히는 데에 있었다. 그는 사물의 이치를 탐구하여 무엇이 선하고 악하며 어떤 것이 바르고 그른 지를 엄밀하게 분별한 후, 이러한 앎을 토대로 자신에게 돌이켜 내면에서 일어나는 모든 생각과 감정이 선한 본성에서 나온 것인가 아니면 악한 욕망에서 나온 것

관찰을 통한 문학적 상상력, 성찰을 추구한 문학적 효용

인가를 철저하게 성찰하고자 하였다. 그리하여 선한 본성에서 나온 생각과 감정을 확충하고 악한 욕망에서 나온 것들을 억제함으로써, 사람이 본래 가지고 타고난 선한 본성의 온전한 모습을 회복하는 데에까지 나아가려 한 것이다.

이상 두 편의 시에 잘 드러나 있듯이, 송정이 작품을 창작하는 중요한 동인은 사물을 관찰하여 그 속에 담긴 이치를 통찰하고, 그것을 다시 자신에게 돌이켜 성찰하는 계기로 삼기 위함이었다. 관찰과 통찰을 통해 얻어진 깨우침을 문학적 상상력을 통해 형상화하였으며, 이 과정을 거치면서 깨우침이 더욱 분명해지고 오랫동안 남을 수 있는 효과를 얻을 수 있는 것이다.

송정이 견지한 관물반기觀物反己의 수양 방법은 작품 창작의 중요한 동인으로 작용하며, 그렇기에 작품의 창작이 관물반기의 수양을 심화시키는 연장선상에 있다고 이해된다. 그러므로 송정의 학문과 문학은 서로 상보적인 관계에 있으며, 수양과 실천을 강조한 남명학파의 학문적 특성이 문학에까지 확장된 형태라고 파악할 수 있다. 다만 남명은 문학이 수양을 하는 데에 방해가 된다고 인식한 반면에, 송정은 수양을 위한 하나의 방법으로 문학을 적극 활용함으로써 그 효용적 가치를 인정한 것이다.

「별이생순훈서別李生純勳序」라는 글에서 학문의 본

말에 대해 설명하면서, "행실을 다스리는 것이 문장을 다스리는 것보다 중요하다. 원컨대 그대는 경중과 귀천이 있는 바를 살펴 효제충신孝悌忠信으로써 근원을 배양하고 공고히 해야 할 것이니, 뿌리가 거대한데도 열매가 크지 않은 경우를 듣지 못했다."라고 하였다. 이것은 송정이 문장보다는 덕행을 우선시 하는 입장을 보여주는 말로, 남명을 비롯한 도학자道學者들이 문文보다는 도道를 더욱 중시하는 관점과 동일한 선상에 있는 것이다. 그러나 송정은 이러한 생각에 바탕한 가운데 문학의 효용도 긍정적으로 인식하여 도학을 추구하기 위한 좋은 방편으로 활용한 것이다.

문학에 대한 송정의 이와 같은 입장은 다음의 「병죽설病竹說」이라는 작품에서도 확인할 수 있다.

내가 일찍이 정원을 거닐다가 대숲 속에서 한 그루의 대나무를 보았다. 그 대나무의 윗부분과 아랫부분 및 줄기와 마디는 다른 대나무와 비슷했지만, 그 중간은 마디가 조밀하고 줄기가 휘어져 다른 대나무와 같지 않았다. 괴이하게 여겨 다가가 그 까닭을 살펴보니, 벌레가 그 속을 파먹었기 때문이었다. 아랫부분이 조밀하고 중간부분이 성근 것은 일반적인 대나무의 마디 모습이다. 곧고 휘어지지 않은 것이 보통의 대나무 줄기 모습이다. 그런데 지금 성근 부분이 도리어 조밀하고 곧은 것이 반대로 휘어져 있으니, 모두 일반적인 모습을 잃은 것이다. 아, 이

病竹說

其軒者非軒之欲氷欲主人心之氷也非軒之欲月欲主
人之月也是知氷吾不若氷吾心月吾不若月吾
心也主人怒乎氷明沂搖捲東坡藜之但知益塵
往來之無竆聲之空明沂流光之可樂而不知收欲其清明
而在朝故東坡藜氏而止耳亦主人之所宜知也若其鳳
岡龜巖月牙雲岳臨淵聚風之勝則他日當與主人把一
盃愚軒而賦之不可及也其月日記

說

余嘗涉園中有一竹介于摩竹之間其本末枝節頻他竹

병죽설

어찌 대나무의 본성이겠는가. 외물에 의해 손상을 입은 것이리라. 내가 이것을 보고 크게 한숨을 쉬며 탄식하였다.

사람은 하늘과 땅의 이치를 받아 태어났으니, 애초에는 불선不善함이 없다. 선한 본성이 물욕物欲에 의해 가리어져 양심良心을 제약하는 데에 이르게 되면, 병든 대나무와 다른 점이 거의 없다. 오호라! 대나무는 벌레 때문에 일반적인 모습을 잃게 되고, 사람은 물욕으로 인해 본성을 상실하게 된다. 중심에 병이 들었다는 측면에서 본다면, 사람과 사물이 어찌 차이가 있으랴. 옛사람이 말하기를, "사물을 관찰하여 자신을 돌아본다."라고 하였다. 내가 「병죽설」을 지은 것이 어찌 부질없는 짓이겠는가.

송정은 정원을 산책하다가 다른 것들과 달리 중간 부분의 마디가 조밀하고 줄기가 휘어진 대나무를 발견하였다. 그 대나무에 다가가 원인을 살펴보았더니, 벌레가 그 속을 갉아먹어 병이 든 사실을 알게 되었다.

이를 통해 송정은 대나무가 벌레로 인해 속이 병들자 본성을 잃어 외형이 달라진 것처럼, 사람도 애초에는 선한 본성을 타고 나지만 물욕物欲이 그것을 덮어버려 선한 마음을 발현하지 못한다는 점을 통찰했다. 그리고 대나무는 벌레 때문에 속이 병들고 사람은 물욕에 의해 마음이 병들게 되니, 본래부터 간직한 선한 본성을 외물로 인해 잃어버렸다는 점에서는 사람과 사물이 차이가 없다고 깨우쳤다.

그리하여 마지막 부분에서 옛사람의 '사물을 관찰하여 자신을 돌아본다'는 말을 인용하여, 자신이 「병죽설」을 지은 것은 이와 같은 관물반기의 수양 방법을 문학에 적용하여 확장시킨 것임을 밝혔다. 송정의 문학 작품에 나타난 창작의 주요 동기와 효용의 지향점을 이와 같이 이해한다면, 그가 추구한 학문과 사상의 연관성 속에서 문학의 의미를 파악할 수 있으리라 생각된다. 이 점이 바로 송정의 문학이 구축한 독특한 면모로서, 수양론적 관점에서 문학적 효용을 적극 활용하여 도道와 문文을 상호 조화시킨 것이다.

향기처럼 종소리처럼

깨우치는 가르침

향기처럼 종소리처럼
깨우치는 가르침

　겨울과 봄 사이, 그 기운의 미묘함을 닮아 신비할
정도로 2월 초의 하늘빛은 맑고 푸르렀는데, 그 아래
에 송정 기슭이 겸손한 자태로 앉아 있었다. 최근에 새
로 정비한 돌길을 따라 걸어서 올라가자, 송정의 첫째
부인 파평윤씨의 묘소가 보였다. 다시 몇 걸음 걷자 송
정의 부모님이 묻혀 있는 봉분 2기가 나란히 있었다.
그 뒤의 조금 왼편에 우뚝한 소나무가 서 있었고, 그
옆에 오래된 비석을 명패로 삼아 송정의 묘소가 자리
하고 있었다.

　묘소 앞에 경건한 마음으로 서서, '제가 과연 선생
님의 참된 모습을 제대로 이해하고 표현하였습니까?'
라고 여쭈었다. 나의 잘못된 이해와 부족한 문장으로
인해, 송정에게 누가 되지 않을까 하는 두려움이 몰려
왔다.

    그러나 스스로 위안으로 삼는 것은 책을 쓸 수 있었기 때문에 부족하게나마 송정을 더욱 알게 되었다는 점이다. 송정의 치열한 자기 성찰과 구도의 정신, 모든 어려움을 견뎌내고 연꽃처럼 승화시킨 맑고도 높은 인격과 삶 등을 가슴으로 느낄 수 있는 기회였다.

    묘소에 함께 갔던 이가 송정 기슭을 내려오면서 나에게 말했다. "오래 전에 돌아가신 분이라고만 생각했는데, 이 곳에 오니 우리들 곁에 살아계신 듯한 느낌이 든다."

    그렇다! 송정 기슭의 소나무가 지금도 푸르른 모습으로 변함없이 서 있듯이, 송정이 남긴 큰 가르침은 향기처럼 종소리처럼 울리고 퍼지며 우리의 정신을 깨우친다. 조용히 마음의 문을 열어 기다리고 맞이하는 이에게 그 향기와 종소리가 가만히 다가온다.

부록

송정 하수일 연보

송정 하수일 연보

◆ 1553년(1세, 명종 8)

정월 22일 진주 수곡리水谷里 본가에서 태어나다.

본래 하씨河氏는 진주부晉州府 비봉산飛鳳山 아래에 세거하여 대성大姓이 되었으니, 지금의 병영兵營 관덕당觀德堂이 그 옛터이다. 고조부 하응천河應千이 비로소 수곡리 정곡촌井谷村에 복거卜居하였다.

◆ 1557년(5세)

할머니 한양조씨漢陽趙氏에게 글을 배우다.

할머니 한양조씨는 대궐에서 생장하여 궁중의 일을 두루 알았고, 경사經史의 음의音義와 육갑六甲·팔괘八卦 등을 환히 알았으며, 『소학』·내칙內則·역서曆書 등을 항상 좌우에 두고서 잠시도 멀리하지 않았다. 그리하여 사람들이 '여중장부女中丈夫'라 칭송하였다.

◆ 1559년(7세)

종숙부 각재覺齋 하항河沆에게 나아가 배우다. 『대
학』·『중용』의 대체적인 의미를 깨우치다.

각재 하항은 백형 환성재喚醒齋 하락河洛과 함께 남
명南冥 조식曺植을 스승으로 모셔 '경의지학敬義之
學'을 전수받았다. 당시 환성재는 상주尙州에 거주
하였으므로, 송정은 어려서부터 각재에게 수학하
였다.

◆ 1566년(14세)

각재 하항을 찾아가 문안을 드리다.

각재가 대소헌大笑軒 조종도趙宗道, 영무성寧無成 하
응도河應圖, 조계潮溪 유종지柳宗智, 모촌茅村 이정李
瀞 등과 함께 남명을 뫼시고 함양에 이르러 옥계玉
溪 노진盧禛의 집에서 묵었다. 다시 안음으로 가서
갈천葛川 임훈林薰 · 첨모당瞻慕堂 임운林芸 형제를
방문하였다. 갈천정사葛川精舍에서 함께 담소를 나
누며 유숙하였다가, 다음 날 돌아왔다. 송정이 찾아
가 도중에서 만나 문안을 드렸다.

◆ 1567년(15세)

부친 하면河沔을 뫼시고 각봉재覺峯齋에서 독서하다.

세찬 바람 속 푸른 소나무, 송정 하수일

1566년에 소고嘯皐 박승임朴承任이 진주목사로 부임하여 사재四齋를 세우고 후학을 가르쳤는데, 하면이 당시 각봉재장覺峯齋長이 되었으므로, 송정이 뫼시고 갔다.

◆ 1569년(17세)

파평윤씨坡平尹氏에게 장가들다.

진사 윤언례尹彦禮의 딸 파평윤씨와 혼인하였다.

◆ 1570년(18세)

9월에 조부의 상을 당하다.

조부 하희서河希瑞는 남명과 친분이 깊었다. 남명이 그의 죽음을 애도하여 만시輓詩를 지었다. 남명의 만시에, "여러 손자는 예의와 글을 좋아하네[諸孫好禮書]"라고 하며, "빼어난 정원에 돋아나는 난초 싹이 셋이나 되는구나[秀庭蘭苗是三多]"라고 하였다. 이것은 당시에 송정과 그의 두 아우 수긍재守肯齋 하천일河天一 및 매헌梅軒 하경휘河鏡輝의 이름이 남명에게까지 알려졌으므로 이와 같이 칭찬한 것이다.

◆ 1571년(19세)

정월에 퇴계退溪 이황李滉의 부고를 듣고 곡하다.

◆ 1572년(20세)

2월에 남명南冥 조식曺植의 부고를 듣고 곡하다.

송정의 「동정부東征賦」를 살펴보면, "한스럽게도 내 어리고 어리석어 강석에서 직접 뫼시지 못했네[恨余生之穉愚 衣未攝於函丈]"라고 하였다. 송정은 각재와 수우당守愚堂 최영경崔永慶의 문하에서 수학하여 남명의 학맥을 전수받았다. 그러나 남명에게 직접 배우는지 못하였으므로, 이와 같이 한탄하였다.

7월에 아들 하신河辰이 태어나다.

◆ 1574년(22세)

7월에 덕계德溪 오건吳健의 부고를 듣고 곡하다.

◆ 1575년(23세)

8월에 선산善山의 향시鄕試에 응시하러 가면서 「동정부東征賦」를 짓다.

◆ 1576년(24세)

부친을 뫼시고 한양을 유람하다.

◆ 1577년(25세)

윤 8월에 부인 파평윤씨가 죽다.

겨울에 청암靑巖 서일암西日菴을 유람하다.

◆ 1578년(26세)

봄에 제생들과 방장사方丈寺에서 모이다.

4월에 두 아우와 함께 청암사靑巖寺에서 독서하고 서악西岳을 유람하다.

가을에 부친이 지은 가훈을 심인조沈仁祚에게 병풍 글씨로 써주기를 청탁하다.

부친이 이전에 가훈을 지어 여러 자제들을 가르쳤는데, 첫 편은 자신을 수양하는 데 있어 중요한 방법이며, 둘째 편은 오륜의 조목에 관한 것이다. 합하여 모두 54구이다. 송정이 심인조에게 글씨를 청하여 작은 병풍 두 개를 만들었는데, 병풍 하나가 각기 10첩이었다.

◆ 1579년(27세)

4월에 추담秋潭 윤선尹銑의 사마시 입격을 축하하는 잔치의 서문을 짓다.

6월에 동생 하천일의 사마시 입격을 축하하는 잔치의 서문을 짓다.

가을에 덕산사德山寺를 유람하다.

두 아우 및 최기준崔琦準과 함께 동행하였다. 「검설劍說」을 지어 최기준에게 주었다.

◆ 1580년(28세)

6월에 부친의 상을 당하다.

부친의 병이 위독해지자 송정은 수 개월 동안 직접 약을 달이고 옷을 벗지 않은 채 곁에서 극진히 뫼셨다. 그리고 상을 당해서는 슬픔이 지극하였으며, 예법에 따라 장사 지내고 산기슭에서 시묘살이를 하였다. 마을 사람들이 그가 살던 곳을 효도동孝道洞이라 하였다고 한다.

12월에 아들 하신이 요절하다.

◆ 1581년(29세)

4월 각재 하항이 찾아오다.

각재가 유생 유시현柳時見과 송정의 아우 두 사람을 데리고 송정의 여막을 찾아왔다. 부친이 거주한 옛터를 둘러보고 송정에게 「남간기南磵記」를 짓게 하였다.

8월에 연못가에 작은 집을 짓다.

운금정雲錦亭 서쪽에 지었는데, 연지蓮池와 송죽松竹의 아름다운 경치가 있었다.

◆ 1582년(30세)

6월에 부친상을 마치다.

표형表兄 조의도趙毅道가 서울로 돌아가는 것을 전송하다.

10월에 각재를 뫼시고 회산서원晦山書院으로 가서 남명의 위판을 봉안하고 다음 날 황계黃溪를 유람하다.

합천 삼가의 유림들이 회산晦山에 서원을 새로 건립
하였으니, 남명의 고향이기 때문이다. 각재가 당시
덕천서원德川書院의 원장으로서 회산서원의 원장도
겸임하고 있었다. 따라서 남명의 위판을 봉안할 때
에 송정이 각재를 따라가 집례를 맡았고 다음 날 황
계폭포를 구경하였다.

「단성향교성전중수기丹城鄕校聖殿重修記」를 짓다.

수령 권유權愉가 성전聖殿을 중수하고 송정에게 기
문을 청탁하였다.

◆ 1583년(31세)

「덕산서원세심정기德山書院洗心亭記」를 짓다.

1582년 봄에 수우당이 덕천서원의 남쪽에 정자를
지었는데, 각재가 『주역』의 '성인이 마음을 씻다[聖
人洗心]'란 뜻을 취해 이름을 붙이고 송정이 그 뜻을
연역하여 기문을 지었다.

「수우당명守愚堂銘」을 짓다.

율곡栗谷 이이李珥의 「은병퇴로귀전음隱屛退老歸田
吟」에 화운하다.

환성재가 율곡 이이, 우계牛溪 성혼成渾, 사암思庵 박
순朴淳 등과 친분이 두터웠다. 환성재가 세 사람이
귀양갈 적에 그들을 위해 신원하는 상소를 올렸으
며, 벼슬에서 물러날 때에는 귀전음歸田吟을 창수하

였다. 송정이 그 시에 차운하였다. 은병정사隱屏精舍
는 해주海州에 있는데 주자朱子를 주향하고 정암靜庵
조광조趙光祖와 퇴계 이황을 배향하였다.

8월에 덕천서원의 향사를 참여한 후, 모산茅山 최기
필崔琦弼, 창주滄洲 하징河憕, 사호思湖 오장吳長, 칠
원漆原 조차마曹次磨와 함께 장항동獐項洞을 유람하
다.

창랑滄浪 성문준成文濬의 편지에 답하다.

창랑은 우계 성혼의 아들이자 송정의 외종 매서妹壻
로, 두 사람은 교분이 매우 두터웠다.

◆ 1584년(32세)

참봉 손천뢰孫天賚의 딸 밀양손씨密陽孫氏에게 재취
再娶하다.

8월에 할머니의 상을 당하다.

◆ 1585년(33세)

「서대팔영西臺八詠」의 해의解義를 짓다.

각재가 「서대팔영」을 지었는데, 송정이 그 뜻을 해
석한 것이다.

조계 유종지를 위해 「원당서재기元堂書齋記」를 짓다.

조계가 당시 원당元堂에 살고 있었는데, 이 곳에 서
당을 지어 후진을 양성하였다.

삼괴루三槐樓 곁에 네 오솔길[四徑]을 만들다.

세찬 바람 속 푸른 소나무, 송정 하수일

소나무·국화·매화·대나무를 심어 사경四徑이라
하고, 변함이 없는 절개의 의미를 붙였다.

유생 정적鄭逖이 호남으로『주역』을 배우러 떠나는
것을 전송하다.

가을에 삼휴재三休齋 김양지金勤之를 방문하다.

김양지는 송정에게 수학한 사람으로, 이 때에 병이
위독하였으므로 찾아가 문병하였다.

◆ 1586년(34세)

8월에 할머니의 상례를 마치다.

강한주姜翰周·이순훈李純勳·유인춘柳絪春 등이 서
쪽으로 돌아가는 것을 전송하다.

세 사람은 모두 송정에게 수학한 인물로, 강한주는
『근사록』을 읽었고 이순훈은『소학』을 읽었으며,
유인춘은 선대가 무인武人으로 활동하였는데 부친
의 명으로 찾아와 배웠다.

◆ 1587년(35세)

3월에 오월당梧月堂 이유함李惟諴과 낙수암落水巖을
유람하다.

수우당의 처소에서 한강寒岡 정구鄭逑에게 인사를
올리고『주례』를 강문講問하다.

『수우당실기守愚堂實記』에 "정해년1587에 한강 정
문목공鄭文穆公이 함안의 수령으로 있으면서 도동道

洞으로 선생을 방문하여 『주례』·『시경』·『서경』 등을 강토하였다. 이에 당시의 현사賢士들이 호응하여 찾아온 이가 한 둘이 아니었고, 문하에 제자가 된 이들도 많았으니, 송정 하수일, 설학雪壑 이대기李大期 등은 모두 고사高士였다."라고 하였다. 이를 통해 살펴본다면, 송정은 수우당의 문하에 있으면서 한강에게 제자의 예를 올린 것으로 볼 수 있다. 그러나 행장을 비롯한 다른 기록에 보이지 않아 상고할 수 없다.

10월 모사후牟士厚와 함께 풍화루風化樓 연지蓮池를 유람하다.

어머니를 뫼시고 삼괴루에서 회음會飮하다.

10월 6일은 막내동생 하경휘의 생일이었으므로, 어머니를 뫼시고 삼괴루에서 잔치를 베풀었다. 하경휘가 고안가孤雁歌를 불러 자신을 비유하자, 송정이 칠언절구를 지었고 각재와 하천일이 모두 화운하였다.

오월당 이유함, 원당元堂 권제權濟와 함께 뇌계정雷溪亭에서 술을 마시다.

뇌계정은 뇌계雷溪 유호인兪好仁이 지은 정자이다.

「기자조부箕子操賦」·「조남추강부弔南秋江賦」를 짓다.

두 편은 모두 송정이 자신의 뜻을 붙여 지은 것이다.

세찬 바람 속 푸른 소나무, 송정 하수일

◆ 1588년(36세)

정월에 아들 하완河㛂이 태어나다.

4월에 어머니를 뫼시고 옥봉玉峯에서 본가로 돌아
오다.

이전에 본가가 화재를 당하였고 또 역병이 창궐하
여 송정이 어머니를 뫼시고 외할아버지 조정견趙庭
堅의 옥봉정사玉峯精舍에 이거하였다가 이 때에 비
로소 본가로 돌아왔다.

원당에서 수상연壽觴宴을 크게 베풀다.

조계 유종지가 고을의 제현들과 함께 노인들을 뫼
시고 잔치를 베풀어 장수를 기원하였다. 목사 이박
李撲이 이 사실을 듣고 협찬하고 송정이 그 일을 기
록하였다.

◆ 1589년(37세)

3월 한양에 가서 탕춘대蕩春臺 폭포를 구경하다.

함께 동행한 이는 정승훈鄭承勳 · 황탁黃倬 · 이유함
李惟諴 · 신가申榎 · 박태현朴台賢 등과 막내동생 하
경휘이었다.

같은 달 사마시에 2등으로 입격하다.

고관考官이 시험지에 "이 사람은 주자서朱子書를 매
우 익숙하게 읽었다."라고 하였다.

삼청동三淸洞을 유람하다.

목사 간이재簡易齋 최립崔岦이 다회탄多會灘에서 축

하 잔치를 베풀다.

송정이 막내동생 하경휘 및 매부 이유함과 함께 동시에 입격하였으므로, 관찰사 김수金晬가 이를 듣고 기특하게 여겨 목사 최립에게 다회탄에서 축하 잔치를 베풀게 하였다. 최립이 선진先進이 되고, 사천현감泗川縣監 권대신權大信, 정자正字 윤선尹銑, 진사 강임姜任 등이 참석하였다.

옥산玉山·월아산月牙山·용당龍堂의 기우문을 짓다. 목사 최립이 요청하였다.

막내동생이 상주로 돌아가는 것을 전송하다.

8월에 세심정을 유람하다.

9월에 수오당守吾堂 오한吳侃의 부고를 듣고 곡하다.

공옥대拱玉臺를 유람하다.

공옥대는 운곡雲谷 동쪽에 있다. 각재가 처음에 기이하게 여겨 정서로鄭瑞老에게 휴식할 장소로 만들도록 하였지만 이루지 못했다. 이 때에 이르러 강경윤姜景允이 비로소 바위를 쌓아 대를 만들고 이름을 공옥대라 하였다. 당시 함께 유람한 이가 매우 많았다.

「벽룡기壁龍記」를 짓다.

◆ 1590년(38세)

남명의 『언행록言行錄』과 『사우연원록師友淵源錄』을 각재로부터 받다.

세찬 바람 속 푸른 소나무, 송정 하수일

각재가 남명에 관한 『언행록』과 『사우연원록』을 지어 송정에게 전하였다. 송정이 지은 각재의 만시에도 "상자에 간직하여 자운子雲을 기다리겠다"라는 말이 보인다. 그런데 두 책 모두 임진왜란 중에 소실되었다.

9월에 수우당 최영경의 부고를 듣고 곡하다.

수우당이 기축옥사己丑獄事에 연루되어 구금되었다가 이 때 옥중에서 죽었다.

12월에 종숙부 각재 하항의 상을 당하다.

◆ 1591년(39세)

8월 전시殿試에서 병과丙科로 합격하다.

선조 임금이 전시에 참여한 선비들에게 왜적을 막을 방도에 관해 물었으니, 이 때에 왜적들이 이미 틈을 노리는 단서가 있었기 때문이다. 같은 해에 오월당 이유함도 별시別試에서 장원급제하였다.

10월에 상주로 가서 종숙부 환성재 하락을 뵙다.

환성재가 당시 상주에 거주하고 있었는데, 송정이 서울에서 내려와 수개월 동안 머물렀다. 당시에 수령 김해金澥, 정자正字 조익趙翊 등이 찾아와 만났다.

11월에 산음으로 가서 사호 오장을 만나다.

◆ 1592년(40세)

3월에 오월당 이유함과 함께 상주의 풍화루를 유람

하다.

여강驪江을 건너며 오월당과 수창하였다.

한양 관동館洞에 머물렀는데, 송암松庵 이로李魯, 사간司諫 당암戆庵 강익문姜翼文, 설학雪壑 이대기李大期 등이 방문하였다.

송정이 관동에 머물 때 많은 이들이 방문하였는데, 참봉參奉 성량成亮, 정자正字 조즙趙濈, 박사博士 문성일文誠一, 상사上舍 이언영李彦英 등 30여 명의 사람이 송정이 지은 『서행록西行錄』에 보인다.

4월에 상주에 머물다가 왜란을 듣고 즉시 본가로 돌아오다.

송정이 서울에서 상주로 내려와 수일 동안 머물고 있었는데, 동래東萊의 변란을 듣고서 즉시 본가로 돌아왔다. 환성재가 술을 내어 전별하면서 말하길, "우리들이 평생 성현의 책을 읽는 까닭은 의리상의 일개 '시是'자에 힘쓰기 위함이다. 삶과 죽음이 갈리는 시기와 위급하고 어지러운 중에서도 마땅히 올바름을 지키고 흔들리지 않아 조상을 욕되게 하지 말거라."라고 하였다.

오대사五臺寺로 찾아가 어머니를 뵙다.

어머니가 가족을 데리고 지리산의 오대사로 피신하였으므로, 찾아가 뵈었다.

상주로 가서 종숙부 환성재 하락과 막내동생 하경휘의 상구喪具를 갖추어 돌아오다.

세찬 바람 속 푸른 소나무, 송정 하수일

종숙부 하락과 그의 양자로 출계出系한 하경회가 상
주성에서 왜적과 맞서 싸우다가 전사하였다.

6월에 병사를 일으켜 왜적을 토벌할 것을 도모하다.
당시 학봉鶴峯 김성일金誠一이 초유사招諭使로서 경
상도의 의병을 지휘했는데, 송정은 진사 문할文劼
및 손경례孫景禮 등과 함께 소모유사召募有司로 동
참하여 왜적의 토벌을 도모하였다. 하지만 군량이
부족하여 모집한 향병鄕兵 400여 명이 흩어지게 되
었다.

8월에 다시 의병을 모집하다.

사과司果 정기鄭起가 쌀을 보내 군량을 도왔으므로,
시를 지어 감사하다.

11월에 진주판관晉州判官 김시민金時敏의 전사를 듣
고 곡하다.

◆ 1593년(41세)

3월에 송암松庵 김면金沔의 부고를 듣고 곡하다.[88]

5월에 학봉 김성일의 부고를 듣고 곡하다.

7월에 절부節婦 황씨黃氏의 일을 기록하다.

초계草溪로 가서 총병總兵 유정劉綎을 만나다.

---

[88] 『송정집』「연보」에는 1596년에 기록되어 있으나, 『고대일록孤
臺日錄』에는 1593년 3월 13일(무진)에 송암이 별세한 것으로 되
어 있다. 『고대일록』에 근거하여 수정하였다.

◆ 1594년(42세)

무송撫松 손천우孫天佑의 부고를 듣고 곡하다.

무송 손천우는 남명의 제자이며, 송정에게는 처백부妻伯父가 된다. 아들이 없었으므로 송정이 대신 장례를 주선하였다.

9월에 어머니의 상을 당하다.

◆ 1595년(43세)

5월에 아들 하찬河瓚이 태어나다.

판관 박사제朴思齊가 문상을 하기 위해 찾아오다.

◆ 1596년(44세)

9월에 상례를 마치다.

◆ 1597년(45세)

동생 하천일을 위해 곡하다.

8월에 대소헌大笑軒 조종도趙宗道의 부고를 듣고 곡하다.

◆ 1598년(46세)

약목촌若木村으로 가서 좌랑佐郎 신설申渫을 만나다.

신설은 원수元帥 권율權慄의 종사관으로서 약목에 머물러 있었는데, 송정이 찾아가 병사兵事를 논하였다.

세찬 바람 속 푸른 소나무, 송정 하수일

영천榮川으로 가서 오월당 이유함을 만나다.

오월당이 당시 영천군수로 재직하고 있었으므로,
송정이 찾아가 수개월 동안 의탁하여 지냈다.

오월당 이유함과 함께 이산서원伊山書院에 머무르다.

감곡鑑谷 이여빈李汝馪이 찾아오다.

감곡 이여빈이 찾아와『송정세과松亭歲果』를 빌려갔
다가, 발문을 지어 다시 찾아왔다.

월천月川 조목趙穆을 방문하다.

월천 조목과 함께 도산서원에 가서 배알한 후, 남명
조식과 퇴계 이황의 학문에 대해 논하다.

9월에 계공랑啓功郎에 제수되다.

12월에 무공랑務功郎으로 승진하다.

◆ 1599년(47세)

세심정을 유람하다.

아들 하관河璀이 태어나다.

◆ 1600년(48세)

2월 성균관전적成均館典籍에 제수되다.

3월 창락도찰방昌樂道察訪에 제수되다.

4월에 영산현감靈山縣監에 제수되다.

겨울에 벼슬을 그만두고 상주 무량동無量洞에 거처
하다.

◆ 1601년(49세)

정월에 점암篁巖으로 이거하다.

이 달에 무량동에서 세들어 살던 집이 화재를 당해 점암으로 이주하여 초당을 짓고 거처하였다.

5월에 사위 정경욱鄭景郁과 조카 하선河瑄을 데리고 낙동강을 유람하다.

저실杵室에 책상을 만들다.

초당 곁에 저실 2칸이 있었는데, 책상을 만들어 아이들이 그 곳에서 독서하도록 하였다. 사위 정경욱을 비롯한 고을의 선비들 중에 나아와 배우는 이들이 많았다.

◆ 1602년(50세)

4월에 곡강정曲江亭을 유람하다.

◆ 1603년(51세)

초당을 중수하다.

9월에 덕천서원에서 제생을 모아 강학하다.

◆ 1604년(52세)

3월에 한양으로 가서 재상 이원익李元翼을 뵙고 우형禹悾⑱·유의갑劉義甲의 복수소復讐疏와 오현종사五賢從祀의 일에 대해 논하다.

◆ 1605년(53세)

2월 경상도도사慶尙道都事에 제수되다.

3월에 수곡의 동약洞約이 완성되다.

4월에 「하씨족보서河氏族譜序」를 짓다.

한훤당寒暄堂 김굉필金宏弼과 남명 조식의 사당을 배알하다.

관찰사 유영순柳永詢이 각 고을을 둘러보면서 송정에게 동행할 것을 청하였다. 한훤당과 남명의 사당을 배알하고 글을 지어 제사를 올렸다.

관찰사 유영순 및 영무성 하응도와 함께 섬진강蟾津江을 거슬러 올라가 쌍계사雙磎寺와 청학동靑鶴洞을 유람하다.

유영순과 함께 내연산內延山을 유람하다.

5월에 운금정雲錦亭을 중수하다.

운금정은 송정의 별장으로, 정곡촌 서쪽에 있었다.

사유당四有堂과 육무암六無庵을 짓다.

11월에 서장관書狀官 박사제朴思齊가 연경燕京으로 사신 가는 것을 전송하다.

◆ 1606년(54세)

5월에 상주교수尙州敎授에 제수되다.

㊳『송정집』「연보」에는 우돈寓惇으로 기록되어 있으나『조선왕조실록』과『동계집東溪集』등을 참조할 때 우형이 옳은 듯하여 수정하였다.

6월에 「환아정기換鵝亭記」를 짓다.

◆ 1607년(55세)

목사 동고東皐 이수록李綏祿이 방문하다.

상주교수로 재직하면서 제생들을 교육함에 있어 법도가 있었다. 당시 송정은 상주목사 이수록과 교의가 두터웠으며, 서로 수창한 시가 많았다.

3월 서울에 가서 교리校理 이호의李好義, 평사評事 이호신李好信, 참판參判 신식申湜, 판서判書 노직盧稷, 우복愚伏 정경세鄭經世 등을 방문하다.

낙천洛川 배신裵紳, 창랑滄浪 성문준成文濬, 감곡鑑谷 이여빈李汝馪 등이 방문하다.

유생 백홍주白弘胄가 찾아오다.

송정이 관소館所에 머물 적에 백홍주가 찾아와 배우기를 청하여 『대학』·『시경』 소아小雅 등을 읽었다.

5월 형조좌랑에 제수되다.

6월 송악산松嶽山 기우사관祈雨祀官으로 참석하다.

7월 형조정랑으로 승진하다.

8월 사직단社稷壇 집례執禮를 제수받다.

월사月沙 이정귀李廷龜와 매헌梅軒 정기룡鄭起龍이 찾아오다.

정기룡이 역마驛馬를 남용한 일로 인해 형조에 추문을 당했는데, 송정이 형조정랑으로서 그를 위해 변호한 일이 있었다.

세찬 바람 속 푸른 소나무, 송정 하수일

◆ 1608년(56세)

　4월에 이조정랑에 제수되다.

◆ 1609년(57세, 광해군 원년)

　오월당 이유함의 부고를 듣고 곡하다.

◆ 1610년(58세)

　영무성 하응도의 부고를 듣고 곡하다.

　대각서원大覺書院이 완공되어 각재 하항을 봉안하다.

◆ 1611년(59세)

　「수월헌기水月軒記」를 짓다.

　수월헌은 봉강鳳岡 조겸趙珠이 세운 것으로, 모헌暮
軒 하혼河渾이 이름을 지었다. 인하여 송정에게 기
문을 청하였다.

　겸재謙齋 하홍도河弘度가 배우기를 청하여 『논어』·
『이락연원록伊洛淵源錄』을 읽다.

◆ 1612년(60세)

　정월에 별세하다.

　3월 세성산世星山 선영 곁에 장례하다.

◆ 1718년

　대각서원에 배향되다.

◆ 1785년

소산小山 이광정李光靖이 행장을 짓다.

◆ 1788년

6세손 하정중河正中이 6권 3책의 문집을 간행하다.

◆ 1897년

11세손 하겸진河謙鎭이 「연보年譜」를 편찬하다.

◆ 1939년

13세손 하종근河宗根이 서울에서 속집과 함께 문집을 중간하다.

세찬 바람 속 푸른 소나무, 송정 하수일

참고문헌

강동욱, 『남명의 숨결』, 나남출판, 2003.

강명관, 『조선의 뒷골목 풍경』, 푸른역사, 2003.

강판권, 『나무열전』, 글항아리, 2007.

김준태, 「호정 하륜의 정치사상 연구」, 『유교사상연구』 제35집, 2009.

설석규, 「소신으로 경·의를 밝힌 선비 -환성재 하락-」, 『선비문화』 제15호, 남명학연구원, 2009.

신영복, 『강의』, 돌베개, 2004.

이상필, 「남명학파의 남명사상 계승 양상」, 『남명학파 연구의 신지평』, 예문서원, 2008.

이상필, 「송정 하수일의 생애와 문학」, 『안동한문학』 제2집, 1991.

이상필, 「진양하씨 판윤공파의 가계와 학문 전통」, 『선비가의 유향』, 장서각, 2007.

이상필, 『남명학파의 형성과 전개』, 와우출판사, 2005.

이어령 외, 『소나무』, 종이나라, 2005.

최석기 외, 『선인들의 지리산 유람록』, 돌베개, 2000.

최석기 외, 『용이 머리를 숙인 듯 꼬리를 치켜든 듯』, 보고사, 2008.

최석기 외, 『선인들의 지리산 유람록 3』, 보고사, 2009.

허권수, 「대소헌 조종도 연구」, 『남명학연구』 창간호,
　　1991.

허권수, 『절망의 시대 선비는 무엇을 하는가』, 한길사,
　　2001.

『북역 고려사』, 신서원, 1991.

『선비가의 유향』, 장서각, 2007.

『남명학 관련 문집해제(Ⅱ)』, 남명학연구소, 2008.

찾아보기

ㄱ

가장家狀 56

각봉재覺峯齋 144

각봉재장覺峯齋長 145

각재覺齋 하항河沆 20, 22, 92, 101, 144, 163

간이재簡易齋 최립崔岦 153

갈천葛川 임훈林薰 144

갈천정사葛川精舍 144

감곡鑑谷 이여빈李汝馪 115, 159, 162

강경윤姜景允 154

강임姜任 76, 154

강한주姜翰周 151

객중잡감客中雜感 60

검설劍說 147

겸재謙齋 하홍도河弘度 86, 93, 101, 163

경의敬義 97

경의지학敬義之學 144

경절사 10

계潮溪 유종지柳宗智 144

고려사 9

고자告子 106

곡강정曲江亭 160

공옥대拱玉臺 154

공자孔子 129

관덕당觀德堂 143

관물觀物 130

관물반기觀物反己 41, 52, 132

관수觀水 128

구월구일억산동형제九月九日憶山東兄弟 61

권대신權大信 76, 154

권유權愉 149

권율權慄 158

금라조씨金羅趙氏 16

금산錦山 51

금아今娥 67

기송정선생어記松亭先生語 93

기자조부箕子操賦 152

기축옥사己丑獄事 155

김석윤金錫胤 71

김수金晬 75, 154

김시민金時敏 157

김양지金勸之 151

김해金澥 57, 155

ㄴ

낙동강 160

낙수암落水巖 151

낙천洛川 배신裴紳 162

남간기南磵記 148

남고南皐 이지용李志容 103

남명南冥 조식曺植 16, 27, 144,
        146, 161

남명조선생명南冥曺先生銘 95

남명집 56

남악南岳 49

남헌南軒 장식張栻 94

내암來庵 정인홍鄭仁弘 83

내연산內延山 161

노직盧稷 162

뇌계雷溪 유호인兪好仁 152

뇌계정雷溪亭 152

뇌룡雷龍 93

눈 속에 핀 매화 27, 93

ㄷ

다회탄多會灘 75, 153

단성향교성전중수기丹城鄉校聖殿
        重修記 123, 149

답유창회答柳昌會 126

당암戇庵 강익문姜翼文 156

대각서원大覺書院 20, 28, 83,
        163

대각서원봉안서大覺書院奉安序
        83

대각칠현大覺七賢 28

대림大臨 13

대소헌大笑軒 조종도趙宗道 28,
        71, 144, 158

대학의 팔조목八條目

덕계德溪 오건吳健 146

덕산사德山寺 147

덕산서원세심정기德山書院洗心亭
        記 123, 149

세찬 바람 속 푸른 소나무, 송정 하수일

덕천서원德川書院　97, 149, 160

도강서당道江書堂　27

도동道洞　22, 151

도산서원陶山書院　100

동고東皐 이수록李綏祿　161

동악東岳　49

동유학안東儒學案　22

동정부東征賦　37, 146

동파東坡 소식蘇軾　52

두보　125

ㄹ

류광억전柳光億傳　42

ㅁ

만하희서挽河希瑞　91

망처윤씨묘지명亡妻尹氏墓誌銘
　67

매헌梅軒 정기룡鄭起龍　162

매헌梅軒 하경휘河鏡輝　34, 145

맹자　93

면우俛宇 곽종석郭鍾錫　72

명선明善와 성신誠身　114

모래사장 위의 백로　27, 93

모사후牟士厚　152

모산茅山 최기필崔琦弼　150

모촌茅村 이정李瀞　27, 144

모한재慕寒齋　85

모헌暮軒 하혼河渾　28, 163

목도鶩島　51

목판본　72

몽송정선생차조용주몽정동계
　운夢松亭先生次趙龍洲夢鄭桐溪
　韻　87

무송撫松 손천우孫天祐　27, 157

묵적墨翟　106

문무자文無子 이옥李鈺　42

문성일文誠一　156

문할文劼　58

물아무간物我無間　131

물아일리物我一理　131

밀양손씨密陽孫氏　100, 150

ㅂ

박사제朴思齊 158, 161

박태현朴台賢 153

방장사方丈寺 147

백물기百勿旗 93

백암白巖 김대명金大鳴 28

백홍주白弘冑 162

번암樊巖 채제공蔡濟恭 120

벽룡기壁龍記 154

별이생순훈서別李生純勳序 132

병죽설病竹說 133

복수소復讐疏 160

봉강鳳岡 조겸趙豏 163

봉성도중鳳城途中 109

봉성鳳城 100, 109

봉황이 천길 하늘을 나는 듯한
    기상 27

부사浮査 성여신成汝信 28

북악北岳 49

비봉산飛鳳山 143

ㅅ

사부공師傅公 57

사암思庵 박순朴淳 149

사우연원록師友淵源錄 154

사유당四有堂 161

사이상사덕훈내방謝李上舍德薰汝
    鬐來訪 117

사직공파司直公派 9

사호思湖 오장吳長 28, 150, 155

산음 155

삼자부三字符 93

삼청동三淸洞 153

삼함재三緘齋 김명겸金命兼 101

상주 무량동無量洞 159

상주성尙州城 34, 157

서계西溪 박태무朴泰茂 35

서대팔영西臺八詠 150

서송정세과후書松亭歲課後 116

서악西岳 50, 147

서일암西日庵 50

서행록西行錄 156

석계石溪 하세희河世熙 34

석인본 72

선조 임금 155

설창雪牎 하철河澈 101

설학雪壑 이대기李大期 23, 27,
    152, 156

섬진강蟾津江 51, 161

성량成亮 156

성중과효자각城中過孝子閭 33

세성산世星山 5, 163

세심정 154

소고嘯皐 박승임朴承任 145

소백산小白山 98

소산小山 이광정李光靖 163

소학군자小學君子 92

손경례孫景禮 58

손문병孫文炳 50

손성孫誠 50

손천뢰孫天賚 100, 150

손탄孫坦 84, 85

송악산松嶽山 기우사관祈雨祀官
    162

송암松庵 김면金沔 158

송암松庵 이로李魯 156

송정세과松亭歲課 5, 72, 115

송정松亭 하수일河受一 4, 91

송정의 소나무 62

송정종가 문회각 119

송정집 24, 115

수곡리水谷里 143

수곡면水谷面 9

수곡水谷 4

수곡의 동약洞約 161

수곡정사水谷精舍 78, 93

수긍재守肯齋 하천일河天一 145

수오당守吾堂 오한吳僩 28, 154

수우당명守愚堂銘 24, 123, 149

수우당守愚堂 최영경崔永慶 146,
    155

수우당실기守愚堂實記 23, 24,
    151

수월헌기水月軒記 52, 163

수정사水精社 56

순순舜 93

시랑공파侍郎公派 9

시비음是非吟 113

시황계詩荒戒 127

신가申楏 153

신설申渫 59, 158

신식申湜 162

심인조沈仁祚 147

쌍계사雙磎寺 161

ㅇ

안계安溪 101

안음 144

암서헌巖棲軒 100

약목촌若木村 59, 158

양산해梁山海 50

양성해梁成海 50

양종해梁宗海 50

양주楊朱 106

언행록言行錄 154

여강驪江 156

여조도사화중 59

여중장부女中丈夫 143

영귀대 86

영무성寧無成 하응도河應圖 27,
　　144, 161, 163

영천 수식촌水息村 117

영천榮川 158

예안禮安 100

오대사五臺寺 50, 156

오월당梧月堂 이유함李惟誠 151,
　　152, 155, 159, 163

오장吳長 84, 85, 94

오현종사五賢從祀 160

옥계玉溪 노진盧禛 144

옥봉玉峯 153

옥봉정사玉峯精舍 153

옥산玉山 154

와룡산臥龍山 51

왕유王維 61

왕자의 난 14

용당龍堂 154

우계牛溪 성혼成渾 149, 150

우복愚伏 정경세鄭經世 162

우형禹悼 160

운곡雲谷 154

운금정雲錦亭 148, 161

운금정雲錦亭 하희서河希瑞 91

원당서재기元堂書齋記 150

원당元堂 150

원당元堂 권제權濟 152

월사月沙 이정귀李廷龜 162

월아산月牙山 154

월천月川 조목趙穆 100, 159

세찬 바람 속 푸른 소나무, 송정 하수일

월포月浦 이우빈李佑賓 103

유목설柳木說 106

유시현柳時見 105, 148

유영순柳永詢 78, 161

유의갑劉義甲 160

유이영柳伊榮 84, 85

유인춘柳絪春 151

유재游齋 이현석李玄錫 120

유정劉綎 59

유종원 125

육무암六無庵 161

윤선尹銑 76, 154

윤언례尹彦禮 65

율곡栗谷 이이李珥 149

은병정사隱屛精舍 150

은병퇴로귀전음隱屛退老歸田吟
149

이곡 각자 36

이광정李光靖 72

이두한류시문평李杜韓柳詩文評
124

이박李撲 153

이백 125

이산서원伊山書院 159

이색李穡 13

이순훈李純勳 151

이언영李彦英 156

이원익李元翼 160

이유함李惟諴 37, 76, 115, 153,
154

이인미李仁美 13

이인복李仁復 13

이일李鎰 57

이한李漢 73

이호신李好信 162

이호의李好義 162

일신당日新堂 이천경李天慶 28

ㅈ

자사子思 107

장항동獐項洞 150

저실杵室 160

절부節婦 황씨黃氏 157

점암簟巖 159

정경욱鄭景郁 160

정곡촌井谷村 9, 161

정기鄭起 58, 157

정대순鄭大淳 84, 85

정문목공鄭文穆公 151

정서로鄭瑞老 154

정승훈鄭承勳 153

정안성鄭安性 50

정암靜庵 조광조趙光祖 150

정월이십이일서회正月二十二日書懷 34

정자程子 51

정적鄭逖 151

제오대사題五臺寺 56

제하상소상문祭下殤小祥文 70

조경윤曹慶潤 84, 85

조계潮溪 유종지柳宗智 27, 150

조남추강부弔南秋江賦 152

조박趙璞 16

조상趙瑺 16

조의도趙毅道 148

조익趙翊 155

조정견趙庭堅 153

조즙趙濈 156

조징송趙徵宋 71

조화중趙和仲 59

주담珠潭 김성운金聖運 101

주부공파主簿公派 9

죽각竹閣 이광우李光友 28

중용의 삼달덕三達德 107

증오대사贈五臺寺僧 56

증자曾子 107

지관智觀 50

지리산智異山 천왕봉天王峯 51

지명당知命堂 하세응河世應 101

진양晉陽 9

진양하씨 9

진양하씨 시랑공파 판윤가 16, 91

진억津億대사 56

ㅊ

차문자신제루상운次文子愼題樓上韻 58

창랑滄浪 성문준成文濬 150, 162

창주滄洲 하징河憕 28, 150

채제공蔡濟恭 72

척跖 93

천왕봉天王峯 4

첨모당瞻慕堂 임운林芸 144

세찬 바람 속 푸른 소나무, 송정 하수일

청암사青巖寺 147

청암青巖 서일암西日菴 146

청학동靑鶴洞 161

초계草溪 59, 157

초당삼경설草堂三逕說 79

촉석루중수기矗石樓重修記 123

총병總兵 유정劉綎 157

최기준崔琦準 147

최립崔岦 75

최영경崔永慶 22

추담秋潭 윤선尹銑 147

춘추좌씨전春秋左氏傳 126

칠원漆原 조차마曺次磨 150

ㅌ

탕춘대蕩春臺 153

태산泰山 51

태역太易 9

태와台窩 101

태종 14

태종실록 14

토가사土佳寺 49, 50

퇴계退溪 이황李滉 98, 145, 150

ㅍ

파평윤씨坡平尹氏 65, 146

평성리坪城里 71

풍월헌風月軒 하인서河麟瑞 91

풍화루 155

풍화루風化樓 연지蓮池 152

피도오대사유감避盜五臺寺有感 77

ㅎ

하겸진河謙鎭 72, 164

하경휘 49, 56, 76, 105, 153, 154, 156

하공신河拱辰 9

하관河瓘 100, 159

하달중河達中 72

하동 청암靑巖 49

하륜河崙 13

하륜의 졸기卒記 14

하면河沔 16, 91, 144

하문현河文顯 50

하봉운河鳳運 100

하상자묘명 68
하선河琁 160
하세귀河世龜 100
하세보河世溥 101
하신河辰 67, 146, 148
하씨족보서河氏族譜序 161
하씨족회통문河氏族會通文 17
하언철河彦哲 100
하완河琬 100, 153
하우태河禹泰 101
하유河游 16
하윤린河允麟 13
하윤河潤 84, 85
하응천河應千 9, 143
하이태河以泰 100
하재후河載厚 100
하정중河正中 72, 100, 164
하정현河正賢 100
하제현河濟賢 100
하종근河宗根 73, 78, 164
하지명河之溟 16
하찬河瓚 100, 158
하천일河天一 37, 49, 59, 147, 158

하치중河致中 100
하필청河必淸 101
하형河瀅 16
하희서河希瑞 16, 145
학봉鶴峯 김성일金誠一 58
학원어사부學原於思賦 109
한강寒岡 정구鄭逑 22, 151
한양 관동館洞 156
한양조씨漢陽趙氏 16, 19, 143
한유韓愈 73, 125
한훤당寒暄堂 김굉필金宏弼 161
함양 144
합천 삼가 149
해주海州 150
호접루蝴蝶樓 38
호정浩亭 13
환아정기換鵝亭記 161
환성재喚醒齋 하락河洛 34, 92, 55, 101, 144, 155, 156
황계폭포 149
황계黃溪 148
황석산성黃石山城 73
황탁黃倬 153
회봉晦峯 하겸진河謙鎭 22, 101,

세찬 바람 속 푸른 소나무, 송정 하수일

103

회산서원晦山書院 148

회산晦山 149

효곡孝谷 5

효도동孝道洞 148

효열지문孝烈之門 36

효유불급설孝有不及說 32

효자시孝子尸 34, 58

효자전 35

전병철全丙哲

계명대학교 국어국문학과 졸업
경상대학교 한문학과 문학박사
현재 경상대학교 경남문화연구원 인문한국(HK) 연구교수

◆ 논 저
『주자』
『선인들의 지리산 유람록』
『송원시대 학맥과 학자들』
「남당 한원진의『대학』해석 연구」
「대산 이상정 성리설의 회통적 성격」
「지리산권 지식인의 마음 공부」등 다수의 저서, 번역서, 논문이 있음.

세찬 바람 속 푸른 소나무, 송정 하수일

초판 인쇄 : 2010년 2월 16일
초판 발행 : 2010년 2월 26일

저   자 : 전 병 철
발 행 인 : 한 정 희
편   집 : 문 영 주
발 행 처 : 경인문화사
주   소 : 서울특별시 마포구 마포동 324-3
전   화 : 718-4831~2
팩   스 : 703-9711
이 메 일 : kyunginp@chol.com
홈페이지 : http://www.kyunginp.co.kr
         한국학서적.kr
등록번호 : 제10-18호(1973. 11. 8)

값 9,500원
ISBN : 978-89-499-0703-1   03810
ⓒ 2010, Kyung-in Publishing Co, Printed in Korea
* 파본 및 훼손된 책은 교환해 드립니다.